帰ってきた日々ごはん⑮

高山なおみ

帰ってきた 日々ごはん⑮

もくじ

＊おまけレシピ

カバー装画、扉挿画・写真　川原真由美
カバー、扉、アルバムなどのデザイン　スイセイ
章扉手描き文字、本文写真　高山なおみ
編集　村上妃佐子、浅井文子
編集協力　小島奈菜子
造本　アノニマ・デザイン

2021年1月

何もしない方が豊かな気がして。

一月一日（金）晴れ

明けまして、おめでとうございます。

今朝は六時半に起きた。

カーテンをいっぱいに開けると、オレンジと青の朝焼け。

明けの明星が黄色く光っていた。

夜景って、遠くの方はぶるぶると瞬《またた》いているんだな。星といっしょだ。

新しい年の陽の出は、雲の上から。

太陽が顔を出す前、山脈みたいな雲の峰々がオレンジ色に光り、どんどん濃くなっていった。

つるんと出た太陽は、思ったよりも小さく、でも強烈な光をため込んだ珠《たま》のよう。

枕もとの母の絵が最高に紅く染まったとき、「お母さん、明けましておめでとう」と、声をかけた。

朝ごはんの前に、クレンザーで流しまわりを磨く。

朝ごはんは、ヨーグルト（りんご、みかん）と紅茶だけ。早めのお昼にお雑煮を食べようと思って。

ひとりのお正月は静かだな。柱時計の振り子の音しかしない。

ケールのチーズ入りオムレツ
パン

新年のごちそうは、赤蕪の甘酢漬け、紅鮭の石狩漬け、浸し黒豆、塩もみ大根の柚子搾り（すりごま）、伊達巻き、お雑煮（大根、白菜、柚子皮）、磯辺焼き、京番茶。

祝い箸はないけれど、中野さんのお姉さんにいただいた誕生日プレゼントのお箸がある。

なんだか初々しく、清潔な感じのする食卓。

写真を撮り、空の方を向いて食べた。

年賀状をポストに取りにいったら、待ちに待った荷物が。

ジョナス・メカスのリトアニアのＤＶＤ、『Reminiscences of a Journey to Lithuania』（邦題『リトアニアへの旅の追憶』）。

フランスからＡｍａｚｏｎ《アマゾン》経由でようやく届いた。

ひたすら見ながら、くつ下の繕い。

やっぱり大好きな映像。字幕は英語かフランス語なのだけど、まったく大丈夫。

二度見た。

夜ごはんは、ケールのチーズ入りオムレツ（浸し黒豆添え）、パン。

『ハウルの動く城』を見ながら食べた。

食べ終わったら、またくつ下の繕い。

私は去年の暮れから、「ダーニングきのこ」にすっかりはまっている。

一月五日（火）曇り

朝から曇り空。

海も空も白く霞んで、今にも雪が降りそうな。

きのうは、テレビのディレクターさんと打ち合わせだった。打ち合わせといっても、何かがすぐにはじまるわけではない。だから、お茶を飲みながらお喋りしていただけ。

いろんな資料をお見せしながら二時間ほど過ごし、お見送りがてら坂を下りた。体を動かしたくなったので。

歩きながら木を見上げたり、広々とした海を見下ろしたりしながらぽつりぽつりとお喋りし、六甲道の鍼灸院を教えていただいたり、その向かいの中華屋さんがおいしいという話を聞いたり。

図書館が閉まっていたので、下の階の私がよく行くスーパーを見てまわり、私はだし昆布とお麩を買い、彼女はヨーグルトを買った。

ただ、それだけのことなのだけど。

なんだか、これまで知らなかった彼女のいいところがたくさん見えたような、そんな打ち合わせだった。胸のあたりが温かくなるような気持ちで、帰ってきた。

ハンバーグ
春雨サラダ

もう、何年も前から仕事をご一緒している方なのに。

はじめて出会えたような。

そういうことってあるんだな。

今日は、急いでする仕事が何もないので、朝からなんとなく絵本のテキストを書いている。つらつらとやっていたら、みっつできた。

生まれたまんまの言葉と音、流れ。

書いているときには子どもの目線になっているから、大人の私から見ると、理不尽なような気がしたり。

だからちょっと恥ずかしいのだけれど、勇気を出して、新年のご挨拶がわりにエイッとお送りした。

編集者さんには、「年が明けましたら、次の絵本のご相談をゆるやかに」とだけメールで伝えられていて、方向性とか内容についてなど何も聞いていない。

本当に次の絵本を作ってくださるのかさえ、定かではないのだけれど。

夜ごはんは、ハンバーグ、春雨サラダ（人参、マヨネーズ、フレンチマスタード、練り辛子、ゆで卵）、ご飯はなし。

「MORIS《モリス》」の今日子ちゃんの真似をして、厚さ五センチほどもあるハンバーグと同じ大きさに、大根おろしをこんもりのせてみた。ポン酢醤油であっさりと。

おいしかった！

三個分の肉ダネを作ったので、一個だけ丸めて焼いて、残りは冷蔵庫へ。

近々、煮込みハンバーグにしようと思い、炒めた玉ねぎ（ハンバーグに入れた残り）に赤ワイン、トマトピューレ、ウスターソース、醤油、ハンバーグの焼き汁、水、チキンスープの素を加え、ひと煮立ちさせておいた。

今夜は、中野さんの家もハンバーグなのだそう。

一月六日（水）晴れ

いいお天気だったので、午後から外出。

六甲ライナー（モノレール）に乗って、埋め立て地の六甲アイランドにある「神戸ゆかりの美術館」に行ってきた。

「花森安治《はなもりやすじ》『暮しの手帖』の絵と神戸」という展覧会。

井伏鱒二《いぶせますじ》や棟方志功《むなかたしこう》など、昔の文人や画家たちが寄稿した掲載誌（ページを拡大して貼り出してある）を、端から読んでいった。

そこに添えられた花森さんのペン画は、拡大してあるせいで、線の震えまで見えた。

日本画家の小倉遊亀《おぐらゆき》さんのものは、台所についての文章で、掲載誌とは別に、手書きの間取り図が額に入って見られるようになっていた。

その線が鮮明で、さっき描かれたばかりみたい。

花森さんの表紙の原画もじっと見た。

絵筆やペン、クレヨンを削ったあとなどが、ちっとも色あせずに残って、目の前にある。本当に、今描いたばかりみたい。

「画用紙、油性クレヨン、鉛筆、色鉛筆」「キャンバス地、グワッシュ」など、どんな画材で描いているかが、絵の脇のプレートに記してあるのもおもしろかった。

陶器のビールジョッキに差してある、花森さんが愛用していた絵筆や鉛筆、木箱に入ったちびたクレヨンが展示してあるガラスケースも、あちこちの角度からのぞいてみた。

棟方志功の文章のページには、版画の挿絵があった。

その原画（版画に白や銀で彩色してあった）も並べてあるのだけれど、こんなに立派な絵を、小さなモノクロの印刷物にしてしまうなんて、花森さんたちはなんと贅沢な本作りをしていたんだろう。

会場にはお客さんがほとんどいなくて、一枚一枚ゆっくりと、ひとりじめしながら見ることができたのも、とてもよかった。

閉館の一時間前に行ったので、ちょっと時間が足りなかったな。

もういちど行こうと思う。

六甲ライナーは、ご機嫌な乗り物だった。

往きはいちばん後ろ、帰りも先頭の席に乗ったので、六甲の山々がよく見渡せた。

遠くに見えるうちのマンションらしき建物を、「あれだ！」と確かめたり、海を見たり、三宮の方角を見たり。あっという間に着いてしまうので、あちこち首を動かしながら。

軽く買い物をして、五時過ぎに「ＭＯＲＩＳ」に寄ったら、ハッピーバースデイの歌を、今日子ちゃんがマスクをしたままオペラみたいに歌ってくれた。

歌に合わせ、ヒロミさんがぐるぐる踊らせて手渡してくれたのは、大きなビンに入ったおみかんジャム。

ありがたくて嬉しい気持ちと、いただいてばかりで申しわけない気持ちでいっぱいとなる。ヒロミさんからは、ガラスでできた素敵なペンもいただいてしまった。

そのあと、大晦日の話になった。

「除夜の鐘は聞こえましたか？」と私が聞くと、「神戸は、船が汽笛を鳴らすんです」とヒロミさん。

今年はいつもより大きな音で、あちこちの船から聞こえてきたらしい。

そして、教会の鐘も鳴り響いたそう。

いかにも神戸らしいニュー・イヤーのお祝いだけど、私は十時には寝てしまったから、まったく気づかなかった。よほどぐっすり眠りこけていたんだ。

夜ごはんは、白みそ味の雑炊（豚バラ薄切り肉、大根、人参、菊菜、冷やご飯）。

「ＭＯＲＩＳ」からの帰り道、ヒロミさんにお雑煮の話を聞いたから、白みそ味が食べたくなったんだな。

一月七日（木）
曇り一時雪、晴れのち曇り

六時に起きた。

いつもの朝の時間が戻ってきた。

小雪が舞っている。

雲が厚く、陽の出は見られなかったけれど、きのう行った美術館はどのへんなんだろうと、窓の外を見ていた。

六甲ライナーに乗っていたとき、白いアーチ型の橋が右側に大きく見えていたから、そのすぐ左が六甲ライナーの線路だろう。

そうか。夜になるといつも、ディズニーランドのお城みたいな夜景になるあたりだ。

起き抜けに絵を描いた。

きのう、花森さんの表紙の原画を間近で見て、描いてみたくなった。

クレヨンを重ね、ヒロミさんにいただいたガラスのペンでひっかいてみる。

うまくいかないなあ。

朝風呂から出てきたら、中野さんから絵が届いていた。

ゆうべ写真を撮ってお送りした、臙脂色とサーモンピンクの大輪の菊の花の絵。

すごくいい。

にくらしいほどいい。

この花は、母と若い編集者の友人（桃ちゃん）と三人で元旦を迎えるために飾った。

私もさっき、この花の絵を描いていたのだ。

朝ごはんのとき、灰色の雲が海に向かっていっせいに下りてきているのに、海面だけは金色。その上に、太陽があるのだと分かる。

ラジオからは、ラベルの「ボレロ」が流れている。

どんどん盛り上がってきた。

粉雪も、どんどん強くなる。

外は暗くなったり、明るくなったり。

寒い、寒い。

スパッツはいて、レッグウォーマーを重ねていても、スカートの下まで冷えてくる。

きのうの展覧会で感じたこと。

ずいぶん昔に私は、銀座のデパートで開かれた向田邦子さんの展覧会（というのかな？）に行ったことがある。

出版された本、ラジオやテレビの脚本、書きかけの原稿などを一通り見て、奥の部屋に入ると、向田さんが愛用していた鉢や豆皿、ワンピースやコートや靴が展示してあった。

服は、さっきまで向田さんが着ていたみたいに膨らんでいた。

靴も、はいていた足の形になっていた。

ガラスケースに入っているのに、なんだか匂いまでしてきそうだった。

なぜだろう。書きかけの原稿用紙の文字や赤字を見ても、そういう気配は感じられなかったのに。

ワンピースや靴には、向田さんがまだなまなましく息づいていた。

確かに生きていたことが物に刻まれ、私の目の前で、その物は今も生きている。

きのうの展覧会場でも、同じようなことを感じた。

花森さんが綴った、「暮しの手帖」の創刊号に向けた文も読んだ。

何度も読んでいるはずなのに、はじめて読んだみたいだった。

物を作ることの意気込みのような、というよりもそれ以前。この情けない世の中を、少しでも愉快に生きていく宣言のような文だった。

「暮しの手帖」は、紙でできた「生きていくこと」そのものなんだなと思った。

花森さんがその言葉を書いたのは、表紙の絵を描いたのは、戦後間もない遥か昔のことだったかもしれないけれど。

あのころも今も、変わらない。

なんだか歴史も、時間も、生きている感じがした。

もしかしたら、この世の中は、ぐらんぐらんと動いているようだけど、そう見えるだけで、じつはそうでもないのかもしれない。

夜ごはんは、煮込みハンバーグ・ライス（この間のハンバーグの残りのタネを四つに丸めて焼き、赤ワイン入りのソースで煮込んだ。蓮根のフライパン焼き、ご飯添え）。

夜、お風呂から出たら、絵本の編集者さんからメールが届いていた。

新しい絵本のテキスト、みっつとも喜んでくださったみたい！

一月十二日（火）
雪のち曇り、のち晴れ

七時に起きた。

いつもより暗かったので。

カーテンを開けたら、雪。

ヒマラヤ杉にも、道路にも積もっている。

あんまり寒いので、暖房をつけた。

夏にはいつもクーラーをつけているけれど、暖房にしたのははじめてのこと。

灰色の空から、白いふわふわふわしたのが、あとからあとから降ってくる。

それを、ベッドに寝そべったまま見ていた。

今日は、ずっとこうしていたいな。

ハーブティーをいれて、戻ってきた。

前に長いコードを買っておいたので、つなげて、引っ張って、パソコンをベッドに持ち込んでみた。

インターネットもできる！

メールを書いて送って……、そのうちに明るくなってきた。

カレーうどん
赤大根の甘酢漬け

雪はもう止んでしまいそう。

さ、今日は「気ぬけごはん」のしめ切りなのだから、続きを書いてしまおう。

いつの間にやら雪は止み、杉の木のも、道路のも、お昼にはもう溶けてしまった。

三時過ぎ、書けたみたい。

晴れ間が出てきたので、山の入り口まで散歩した。

外はわりかし暖かい。けど、空気が清冽。

流れる水の音が、いつもより大きい気がする。

雪解け水だろうか。そんなことはないか。

体を動かすのが、気持ちいい。

ちょっと、「コープさん」まで行ってこようか。

けっきょく、買いたいものが何もなかったので、もうひとつの方の山の入り口に向かって歩き、とちゅうで急坂を下り、平地を少しだけ歩き、また同じ坂を上って帰ってきた。

遠くに見える六甲の山々が、うっすらと白くなっていた。

今年はじめての雪化粧かも。

夜ごはんは、カレーうどん（大根、人参、玉ねぎ、豚バラ薄切り肉）、赤大根の甘酢漬け。

一月十四日（木）晴れ

六時半に起きてカーテンを開けると、海も街も空も、白い靄《もや》に覆《おお》われている。

太陽は雲に隠れている。

やわらかい明かり。

今朝は陽の出が見られないのかなあと、ぼうっと見ていた。

すると、ぽっかりと顔を出した。

障子越しみたいな太陽。でも、輪郭はぼやけていない。

まるで、昇ったばかりの満月みたい。みかん味のグミみたい。

そのうち、空に開いたみかん色の丸い穴から、光が漏れているように見えてきた。

今朝はきのうより暖かいけれど、暖房を入れた。

『日めくりだより』の、本の形になっているゲラをベッドに持ち込んで、起き抜けの頭で読んだ。

気づいたところに赤を入れる。このくらいの頭の方が、冴えるべきところが冴えている気がする。

さ、朝ごはんを食べたら、続きの校正に向かおう。

寄せ集めグラタン
白菜の塩もみサラダ

それにしても、今日はとても暖かい。

モヤっているのも、なんか、春霞みたい。

三時過ぎに仕上がり、宅配便にのせるためにコンビニへ。

坂を下りているとき、どこからか甘い花の香りがした。

早春と間違えてしまいそう。

クリーニング屋さん、パン屋さん、「コープさん」で軽く買い物し、ひさしぶりに坂を上って帰ってきた。

とちゅう、暑くてコートを脱いだ。

しっとりと汗をかいて、帰り着く。

ああ、いい気持ち。

まだ、日暮れまでには時間があるので、窓辺でお裁縫。

テーブルクロスの穴に刺繍した。

中野さんの展覧会とイベントに合わせ、私も十五日から上京する予定だったのだけど、やめにした。

そのおかげで、たっぷりとした時間が生まれた。

『日めくりだより』にも、入稿前にみっちりと向かい合えた。

これは、ちゃんとやっておかなければならないことだった。

夜ごはんは、寄せ集めグラタン（ゆうべのポトフの残りに、しめじ、下仁田ねぎ、麩を加え、生クリーム。バターで小麦粉を炒めたのを加え、とろみづけ）、白菜の塩もみサラダ（浸し黒豆、ごま黒酢ドレッシング）。

明日、中野さんがいらっしゃることになった。

一月十七日（日）
晴れのち曇り

金曜日から中野さんが来ている。

さっき、お昼ごはんのスパゲティがとってもうまくできた。

豚のひき肉が残っていたので、そこにクミンシード、オレガノ、バジル、ソーセージスパイス、ちぎったローリエ、カイエンヌペッパーをもみ込んで、たっぷりのオリーブオイルでにんにくと炒めた。さらにしめじを加えて軽く炒め、アンチョビソースもちょっと。

器に盛って、紫玉ねぎのスライスを添えた。

食べるときに紫玉ねぎを混ぜ、チーズを好きなだけおろし、スダチを搾って食べた。

なんとなく、地中海の田舎風というか、レバノン風というか。民族っぽい味がした。

麻婆豆腐
大根の塩もみ

一月二十日（水）
曇りのち晴れ

八時に起きた。

夜ごはんは、麻婆豆腐（牛コマ切れ肉、豚ひき肉、白菜）、大根の塩もみ（柚子を搾った）、キムチ、ご飯、ビール。

さ、もうはじまる！
東京に行っていたら、「のぞき箱」作りのワークショップの日だったので。
私も教わりながら、ひとつ作った。
針金を曲げて土台を作り、和紙を重ね貼りし、鳥のモビールをこしらえた。
きのうはきのうで、工作。
東京で行う予定だったのと、同じ時間に（コロナのためにイベントが中止になった）。
今日はこれから、うちでライブペインティングがはじまる。
「まもなく開演です」と、中野さん。
壁には大きな紙が二枚貼ってある。
あ、もうじき二時だ。

わざと寝坊した。

ぽっかりとした暖かな日。

ゆうべ粉を練って、冷蔵庫で発酵させていたパン生地は、いまひとつ膨らみが悪い。

冷たくなっているし。

図書館で借りた本の通りに、野菜室に入れていたのだけど、七度以下だったのかもしれない。

それで、その本に書いてあるように、ビニール袋に入れたまま四十度のお湯に五分ほど浸して温めてみた。

触ると、反対側がまだ冷たい。

お湯を替え、裏返してもういちど浸してみる。

生地に温かみとやわらかさが戻ってきた。

やった！

袋から出して、もういちど生地を丸め直してもどし、袋の口をしばって常温に置いておけば、またパンパンに膨らんでくるのだそう。

陽当たりのいい二階のベッドの上に置いておいたら、本当に膨らんできた。

イースト菌は、生き続けているんだ。

もういちど本を確かめてみると、冬は冷蔵庫には入れず、朝まで部屋に放置しておけばいいと書いてあった。

というわけで、さっきベンチタイムを終え、六個に分けたのをコロンと丸めて、またベッドの上で二次発酵中。

写真の通りにタッパーを逆さにし（フタに生地を並べ、箱の部分を上にかぶせる）、やってみている。

いい調子。パン生地は、乾燥さえしなければ、常温でも必ず発酵するみたい。

頼もしいなあ。

小学生のころ、「かがく」という教材の付録についてきたお饅頭の生地を練り、押し入れで発酵させたことがある。

あのころには、発酵なんていう言葉を知らないから、「膨らむ」のをじっと待った。

でも、待っても待ってもちっとも膨らまず、硬い生地を蒸し器で蒸して食べたんだった。

それでもなんか、おいしかった。薄甘い味に、イーストがほんのり香っていて。

みっちゃん（双子の兄）は残していたけど、私はぜんぶ食べた。

自分の手で作ったものが食べられることに、胸が高鳴り、それだけでおいしかった。

きのうの朝は、中野さんが帰る日で、陽の出のタイミングと雪が重なった。

オレンジ、朱色、ピンクなどいろいろに移り変わる光を受け、ひらひらふらふらと降ってきては、上ったり、下りたりしていた。

花弁か羽毛みたいに透ける雪。

ひとつひとつの結晶が、肉眼で見えそうだった。

階下で、中野さんがコーヒー豆をひいている音と、窓を開ける音がした。

中野さんも見ているな、と思いながら、布団をかぶって私も同じ雪を見ていた。

朝ごはんを食べ、帰宅する中野さんの車に乗せてもらって坂を下り、郵便局へ行った。

『帰ってきた日々ごはん⑧』を、お世話になった友人たちに十二冊送った。

そして、「MORIS」へ。

表紙や扉の絵を描いていただいたお礼を、今日子ちゃんにお伝えしに。

開店前だったので、雑巾がけを手伝ったり、お喋りしたり。

苺のショートケーキをごちそうになったり、『自炊。何にしようか』にサインしたり。

一時過ぎに帰り着いたら、中野さんから絵の画像が届いていた。

家に帰ってから、すぐに描かれたのだな。

工作と、ライブペイントと、雪と陽の出。

この五日間にあったことが、混ざり合ったような絵だった。

そのあとで私は、猛然と料理。

豚肩ロース肉のブロックで煮豚を作り（とちゅうで大根を加えたので、角煮のようになった）、ワンタン（合いびき肉でやってみた。ねぎもたっぷり、オイスターソースのかくし味）を仕込んで冷凍。あと、大根を丸ごと一本買ったので、皮ごと半月切りにしてザルに並べて干し、パンを練ったのだった。

今日はのんびり。

時間がゴムのようにのびて、なかなか夕方にならない。

誰かと一緒にいる時間もいいけれど、ひとりもまたとてもいい。

けっきょくパンは、パン屋さんで買ったみたいにふわふわで、とってもおいしいのが焼けた。

夜ごはんは、ワンタンチャーシューメン（煮豚、ワンタン、煮卵、コーン、もやし、水菜）。

一月二十二日（金）雨

霧でまっ白。

空も海も街も見えない。

中華風の焼きそば
もやしスープ

あんまり白いので、朝起き抜けに、ベッドの中で本や雑誌を読んでいた。

暖房をつけて。

裏の山も霧に覆われている。

街の方から見たら、うちは山ごと霧に包まれているんだろうな。

こんな日は、ゆっくりゆっくり動こう。

きのうの続きのレシートの整理と、『帰ってきた日々ごはん⑨』の粗校正をしよう。

ＹｏｕＴｕｂｅ《ユーチューブ》で『おさるのジョージ』を見ながら、延々とレシート整理をしていた。

種類別にホッチキスで止め、ファイルにまとめる。

とても静かで、ほっとする。

去年の十二月までが終わった。

けっきょく、仕事は何もしなかった。

こんなに静かな日は、何もしない方が豊かな気がして。

夜ごはんの支度にはまだ早いので、お裁縫。枕カバーをちくちく縫っている。

夜ごはんは、中華風の焼きそば（煮豚、長ねぎ、スナップエンドウ、生姜、煮豚のタレ、目玉焼き）、もやしスープ。

焼きそばがとてもおいしかった。

今日子ちゃんにいただいた、細くて茶色い「いかりスーパー」の蒸し中華麺。この麺が香ばしく、クセになる味。

一月二十三日（土）
明るい雨

雨でも洗濯。

干しながら外を見る。

ヒヨドリたちが木に集まって遊んでいる。雨でもへっちゃらなんだな……と思って見ていたら、実をついばんでいるのだった。

トネリコ（あとで調べて分かったのだけど、クマノミズキの間違いでした）の黒い実。もう、ほとんど残っていない。

さてと。

今日は何をしよう。

作文の宿題がひとつあるけれど、しめ切りは一週間先。

かといって、『帰ってきた 日々ごはん⑨』の粗校正に向かうのも、まだ少し早い気がする。

煮豚どんぶり
味噌汁

けっきょく掃除をしたり、枕カバーをちくちく縫ったり。

枕カバーは、とても可愛らしいのができた。

古シーツの上と下の生地が丈夫なままだったので（まん中がすれ、薄くなってしまった）、そこを利用して袋状にした。

脇を、青い刺繍糸で折りふせ縫いにしたら、自然と表側にステッチができた。

使い込まれた木綿はやわらかく、肌触りがとてもいい。

なんだか、物を大切にする修道女の枕カバーみたいな仕上がり。

夜ごはんは、煮豚どんぶり（ところどころに切った煮豚と大根の上に白菜の葉をかぶせ、セイロで温め、ご飯の上にのせた）、味噌汁（具なし）。

洗い物を終え、またパンを練った。

今夜は、常温で発酵させてみるつもり。

一月二十六日（火）
晴れのち曇り

七時少し前に起きた。

陽の出は七時十分。

白菜と鶏肉のせん切りこしょう風味炒め
切り干し大根煮

山の上の雲から、こぢんまりした太陽が、ぽっかりと顔を出した。

宅急便の集荷を、八時から十二時までの間にお願いしたので、しゃきっと起きて動く。

よく晴れて、春のような陽射し。とても暖かい。

きのうは、朝早くから「口笛文庫」の尾内さんが、古本を引き取りにきてくださった。

短い間だったけれど、壁に貼ってある中野さんのライブペインティングの絵を見ながら紅茶を飲み、お喋りした。

絵本『ゆめ』をお見せしたら、独特な感想をいっぱい言ってらした。

中野さんが聞いたら、喜ぶだろうな。

そして午後は、『日めくりだより』の表紙まわりのことで、メールのやりとりをずっとしていた。

編集の鈴木さんと、川原さんと、私の部屋の空を、びゅんびゅんと行き交うメール。

電話もたくさんかかってきた。

たくさんといっても、三本だけれど。

その合間に『日めくりだより』の校正に向かい、原稿もひとつ書いた。

書きたいことが決まっていると、すーっと書ける。

気づけば、もう夕方だ。

昼間は窓を開けていても大丈夫だったのに、陽が落ちたら、ひと息に寒くなってきた。

夜ごはんは、白菜と鶏肉のせん切りこしょう風味炒め（ウー・ウェンさんの本『料理の意味とその手立て』の、川原さんの挿絵を見ながら、鶏胸肉をせん切りにし、ちゃんと作った。とってもおいしくできた）、切り干し大根煮（油揚げ、人参、だし昆布）、きんぴらゴボウ、味噌汁（玉ねぎ、油揚げ・ゆうべの残り）、ご飯はなし。

一月二十七日（水）
曇りのち晴れ

ゆうべは強い風が吹いていて、音を聞きながら寝た。

とてもよく眠れたみたい。

夢もみた。

今朝は雲が厚く、陽の出は見られなかったけれど、カーテンをいっぱいに開け、寝そべったまま空を見ていた。

白が分厚い。

そのうち、白と水色の層になってきた。

そこにクリーム色が加わり、白の薄くなったところから光が透けている。

あそこに、太陽があるのだ。

晴れていなくても、早朝の空はみずみずしい。

お風呂のお湯をためにいき、またベッドへ。

ぼんやりと空を眺めながら、きのういただいた新しい仕事について考えていた。

あ、まずい！　お湯がいっぱいになってしまう。

ぎりぎりセーフだった。

ゆうべ練っておいたパン生地は、室温にひと晩置いたら、ビニール袋がパンパンに膨らんでいる。

これまででいちばんうまくいった。

十二時からは、『日めくりだより』の装幀のことで、川原さん、鈴木さんと「Zoom《ズーム》」ミーティング。

一時間ほどやって、続きはまた明日。

川原さんは『日めくりだより』の内面の世界を、本という手で触れるものに表すために、いろいろなことを試みてくださっている。

本の大きさ、手で持った感じ、開き加減、紙の肌触り、紙の色味……。

私は、本と同じ形のゲラを開きながら、濱田さんの写真や挿絵を見ながら、自分の文を読み返し、校正を重ねているのだけれど、なんだかこの本は、絵本や詩画集みたいだなあと感じる。

ちょっとした音楽を聞いているみたいな文。

すでに私の書いたものではないような感じがするところも、絵本に似ている。

『日めくりだより』は「天然生活の本」として、扶桑社から三月に刊行される予定です。

東京時代から長い間お世話になってきた、「天然生活」の八幡さんが出版してくださることも、とても嬉しい。

どうかみなさん、楽しみにしていてください。

明日は十時半から、急きょ鈴木さんがうちに来てくださることになった。

ふたり（鈴木さんと私）対ひとり（川原さん）で、Ｚｏｏｍ打ち合わせをする予定。

遅いお昼ごはん（鶏胸肉、白菜の葉、椎茸入り、ソース味の中華焼きそば）を食べ、『日めくりだより』の校正の仕上げをした。

息が詰まってきたので、手紙を出しにポストまで散歩。

腕を回しながら歩く。

夕暮れの海を見ながら坂を下り、山を仰ぎながら上って帰ってきた。

上着を羽織らなくても、セーターで充分に暖かかった。

もう、春みたい。

帰りの坂道（去年の夏にみつけた小径）を上っていたら、タチタチピュルルーと澄んだ鳥の声がした。

何の鳥だろう。

夜ごはんは、親子どんぶり（鶏胸肉、玉ねぎ、卵、紅生姜、焼き海苔）、味噌汁（玉ねぎ、油揚げ・おとついの残り）。

一月二十九日（金）　晴れ

陽の出前に起きた。

カーテンをいっぱいに開ける。

このところ、ずっとそう。

そうすると、夜明けの空が移り変わっていくのが見える。

ゆうべはなんだかとてもくたびれて、八時にはベッドに入った。

『雪のひとひら』を読んでいるうちに、たまらなく眠たくなり、布団の国にさらわれるように眠った。

風がとても強く、窓をガタガタ揺らしていたのも、子守唄みたいだった。

今朝の陽の出は雲の上からだから、控えめの光だったけれど、窓の下のすりガラスがみかん色に染まった。

天井に吊るしてある鳥とクリスタルの玉に当たり、絵に当たり、私の顔にも当たるころ、えいっと起きた。

まだ七時前。

下の部屋もみかん色。

朝ごはんを食べ、毎朝のお楽しみ「＃《ハッシュタグ》高山なおみ」のインスタグラムを見ていたら、『はなべろ読書記』の感想を書いてくださっている方の投稿をみつけた。

読んですぐに私は、プッ!と吹き出した。

とても嬉しいコメントだったので、ご本人の承諾を得、ここに引用させていただきます。


この方は料理家ですが、私にとってはもはやほとんどロッケンローラーです。

見た目や話し方はとても穏やかですが、生き方は内田裕也の次くらいにロックな方です（笑）。

食べ物に分け隔てがないところもロッカーたるゆえんです。

マーガリンを塗ったパンも、マックのポテトも、皮から手作りした餃子も、それを食べている情景を丸ごと慈しみながら食べている。

トランス脂肪酸を気にしているようじゃロッカーとは言えません。

『どんなものでも匂いを嗅いで口に入れてみる。

それは言われてみれば私が子どものころからつちかってきた、世界を確かめるやり方です。（高山なおみ）』

情報の洪水の中にいると時折何を信じていいのか分からなくなることがありますが、そんな時は自分の「鼻」と「べろ」を信じろ、ってことですね。

ロッケンロール！


この文を書いてくださった方、ありがとうございました。

さ、『日めくりだより』の校正の見直しをしよう。

心を澄ませて集中し、三時過ぎにはすべて終わった。

もう何も、思い残すことはない。

荷物を作り、急いで身支度してコンビニへ。

坂を下りるとき、海が青く光っていた。

夜ごはんは、牡蠣と青菜のペンネ（牡蠣に小麦粉をまぶし、にんにくのみじん切りを炒めた多めのなたね油で焼きつける。いったん取り出してから菜の花、蕪の葉を加えて炒め、アンチョビソースをちょっと。牡蠣を戻し入れ、お酒をふりかけ、ペンネのゆで汁で乳化させた)。

兵庫県産の大粒の牡蠣、最高!

＊1月のおまけレシピ

煮豚

豚肩ロース肉（ブロック）500ｇ　生姜（皮つき）2片　八角1片
ゆで卵4個　その他調味料（作りやすい分量）

私の十八番です。日記では大根を加えて角煮のようにしていますが、まずは基本のレシピを。大切なのは、決して煮汁を煮立たせないこと。八角は花弁のような1片をポキンと折って使います。豚肉の形を整えたい方は、たこ糸でしばってから煮てください。


豚肉は大きめの鍋に入れます。醤油½カップ、酒¼カップ、きび砂糖大さじ3とひたひたの水（約1リットル）を加え、生姜と八角を浮かべて強火にかけます。煮立ったらアクをていねいにすくい、フタをして弱火。ときどき肉を返しながら1時間ほどふつふつと煮ていきます。この火加減が肝心、火が強いと肉が硬くなります。豚肉が煮上がる10分ほど前に、ゆで卵を加えてください。

豚肉に竹串を刺し、透き通った汁が出てきたら、生姜と八角を取りのぞき、豚肉とゆで卵は容器に取り出します。ラップをかぶせ、乾かないようにしておきましょう。

残った煮汁を中火にかけ、半量になるまで煮詰めたらフライパンに移し入れます。ここに豚肉を戻し入れ、こんどは強火で煮詰めていきます。大きな泡が出てきても慌てずに。その泡の中で転がしながら、煮からめていくのです。煮汁がとろりとし、ツヤが出てきたら完成。この煮汁がタレになります。

粗熱が取れてから薄切りにし、そのまま食べたりラーメンにのせたり。冷蔵庫で1週間ほど保存できますが、まずはできたてを厚切りにし、煮卵とともにご飯にのせてタレをかけ、どんぶりにしてみてください。練り辛子もたっぷりと。
※タレは脂の膜が張ったまま冷蔵庫へ。1年近く保存できます。炒めものやラーメンのスープのコク出しに、またトリガラスープでのばし、中華風の煮物のだしにするのもおすすめです。

2021年2月

そっと開いて見るたびに、ハッ！と驚く色。

二月一日（月）曇り

六時半に起きて、カーテンを開けた。

朝焼けがとてもきれい。

ラジオではミサ曲がかかっていて、母が入院していたころのことを思い出した。

私のパソコンに入っていた曲を、聞かせていたときのこと。

仰向けになって寝ていた母が、立てた膝をふらふらと動かし、音楽に合わせて踊っているみたいに見えた。

あのとき窓からは、いい風が入ってきていた。

何日も眠り続け、目を覚ましたばかりのころだ。

脳をやられて言葉が出なくなっていた母は、赤ん坊みたいにあどけなく、心地よさそうだった。

私はそれを、ずっと見ていたっけ。

今朝の陽の出は、雲と雲の間から。

雲の瞼《まぶた》から、紅い目玉がのぞいているみたい。

今朝もまた、すりガラスがみかん色に染まった。

壁の絵に光が当たったとき、息を引き取る直前の母の表情も思い出した。

えいっ！と起きる。

今朝は、ちょっと肌寒いな。

今日から二月。

佐川さんからのメールで知ったのだけど、今年は明日が節分なのだそう。

もう、春も間近だ。

鼻がぐずぐず。

そういえば今日は、「スギ花粉が舞うでしょう」と、朝ラジオで言っていた。

午後からコーヒーをいれ、いよいよ『帰ってきた日々ごはん⑨』の粗校正に向かう。

今度の巻は、二〇一八年のお正月からはじまるのだけど、母が元気なころで、校正をしながらいちいち思い出してしまう。

記憶がまだ生々しい。

この一年後の三月に病気がみつかり、入院生活がはじまった。

一月七日の日記で、ついに涙が吹き出し、何もできなくなってしまう。

それは、私が実家に帰ったときに見た母のある場面を、神戸で思い出している日記。

ああ、だからか。

それでなかなか、『帰ってきた日々ごはん⑨』に向かえなかったのか。

亡くなる直前の母のことは、穏やかな気持ちで思い出せるのに。生きていたころの母を思うとき、どうしてこんなに悲しみがこみ上げてくるんだろう。

二月二日（火）
曇りのち晴れ

どっぷりとした曇り空。

窓の外が白っぽい。

こういうときは、お裁縫。

窓辺に腰掛け、枕カバーをもう一枚縫った。

夜ごはんは、クリームシチュー（豚肉、大根、玉ねぎ、白菜、人参、じゃが芋、蕪の葉、お麩）。

寒いから、野菜たっぷりの温かいものが食べたかった。


ゆうべは八時には寝た。

なんとなく、目と頭（脳みそ）がくたびれているような気がして。

ぴちゃぴちゃという雨の音を聞きながら寝ていたのだけど、そのうち風が強くなってきた。

ガタガタ揺れる窓。ゆうらゆうらと眠りの波に揺れながら、まどろんでいた。

今朝は、空じゅうが雲に覆われ、陽の出は見られなかったけれど、バッハを聞きながらベッドの上で体操をした。

ぐっすり眠ったから、私は元気。

それに、春みたいに暖かい。

朝いちばんでパソコンまわりを片づけ、さっぱりさせた。

さあ、『帰ってきた 日々ごはん⑨』に向かおう。

三時半。

ぐっと集中し、三月までできた。

体を動かしたくなり、「コープさん」へ。

往きは神社の中を通って石段を下り、さらにぐるっと遠まわりした。

歩くのが気持ちよくて。

今日は節分なので、鰯を買ってきた。

ピチピチの新鮮なのが、とても安かった。

帰りは暑くて、カーディガンを脱いだほど。

夜ごはんは、鰯のムニエル（フライパンで焼いたのを、にんにく醤油にからめた）舞茸のバター炒め添え、クリームシチュー（節分なので、大豆ではないけれどゆでた黒豆を解凍し、ゆうべのシチューの残りに加えた）、ご飯。

二月四日（木）
晴れたり曇ったり

六時に起きた。

朝焼け。

カーテンを開けたとき、空の真上にちょうど月があった。

黄色に光る半月。

ラジオでは、ミサ曲。

『古楽の楽しみ』が終わり、天気予報を聞いても、ニュースを聞いても、何も頭に入ってこない。

どうしてだろう。

今日は、不思議なお天気。

薄明かりが差したかと思うと、ぱーっと晴れる。

そしてまたすぐに曇る。

雲がよく流れているのだ。

クマノミズキの実を食べに集まるヒヨドリたち。

また、別の木の実が熟したのだな。

ゆうべ練っておいたパン生地は、ビニール袋の中でパンパンに発酵していた。

とてもいい具合。

あちこち掃除をしたり、ふと思いついて打ち合わせの支度をしたり。

パンはとてもうまく焼けた。

さ、お昼を食べたら打ち合わせだ。鈴木さんがいらっしゃる。

二時間ほどで終わり、お見送りがてら最近の散歩コースを案内した。

鈴木さんがみつけてくれたおかげで、メジロとジョウビタキを見ることができた。

それから今日は、ずっと待っていたメールが届いた。

なんとなく、春の兆し。

きのうは立春だったし。

土曜日から元町の「ギャラリーVie《ヴィー》」で、『ゆめ』の原画展がはじまるので、中野さんは飾りつけ。

終わったら、うちにいらっしゃる。

焼き肉
ほうれん草のおひたし
白菜の塩もみ

中野さんはうちから元町に通うため、一週間の共同生活がはじまる。

とても楽しみ。

夜ごはんは、焼き肉（牛の赤身、玉ねぎ）、ほうれん草のおひたし（ごま油、薄口醤油）、白菜の塩もみ（いりごま、じゃこ、ポン酢醤油）、味噌汁（絹さや）、キムチ、ご飯。

二月六日（土）快晴

ぐっすり眠って、八時半に起きた。

ものすごくいいお天気。

今日から中野さんの展覧会。

展覧会の初日はたいてい雨か曇りで、こんなに晴れたのははじめてだそう。

早めのお昼ごはん（帆立と椎茸のトマトソース・スパゲティ）を食べ、十一時半くらいに出かけた。

あんまりよく晴れているので、私も坂のところまでお見送り。

空も海もまっ青で、きらきらしていた。

ゆうべは、ワインを呑みながら中野さんといろいろ話した。

この間『帰ってきた 日々ごはん⑨』の粗校正をしていて、母のことを思い出し、その先ができなくなった話。

私「亡くなる間際のことは、毎日のように思い出す。息を引き取る前の顔とかね。そういうのは、いくら思い出しても平気なのに、どうして元気だったころの母を思うと、悲しくなるんだろう」

そうしたら、じっと聞いていた中野さんが言ったのだ。

中「それは、なおみさんが生きているからだと思います」

私「そうか、死んだ人は変わらないから、悲しいんだ」

中「いいえ。死んだ人も、死んだときのままではなくて、変わっていくんだと思います。なおみさんが生きているから」

私はとても嬉しかった。

母の思い出は、これからも私のなかで変化していく。

生きている人が変わっていくということは、もうこの世にいない人も、生きている人のなかで変わっていく。

つまり、母は生き続けている。

そうか。

人が生きていること、死ぬということ。その境目は、私が思っているほどには、くっきりと分かれているものではないのかも。

私が泣いた、『帰ってきた 日々ごはん⑨』の二〇一八年一月七日の日記を、ここに引用してみようと思います。


今朝は八時に起きた。

夜中に何度か目が覚めたけれど、あとはぐっすり眠れた。

夢もいくつかみた。

神戸に帰ってきたのは四日の夕方、ようやく自分がどこにいるのか分かってきたみたい。

帰ってからはずっと、『たべもの九十九《つくも》』の校正に勤《いそ》しんでいた。

それが楽しくてたまらなかった。

きのうも朝から夢中でやって、午後にはひと通り終わり、美容院と図書館に行ってきた。

冷蔵庫に野菜が何もなかったので、スーパーにも行った。

坂を下り、いつもの神社でお参りもした。

ああ、やっと帰ってこられたなあと思いながら。

帰ってすぐのころには、台所で洗い物をしていると、実家の洗い物カゴの感じがふーっと蘇ってきて、重なったりもしていた。

あの感じはいったい何だろう。

実家での日々が、それなりに濃かったのかもしれない。

帰る日には、シンクを掃除した。

いくら掃除をしても、それほどにはピカピカにならなくて、母がそこで過ごしてきた年月を思った。

ひとりの人が生き続けていくことの、垢《あか》のようなものも感じた。

昼寝をしていた私が、台所に下りてきたら、ひじきと切り干し大根の煮物の残りにおからを混ぜ、お焼きのようなものを作っていた母。

楕円形にまとめたのに粉をまぶし、溶き卵をからませて、フライパンで焼こうとしていた。

手をべたべたにして。

母は強火で焼いていて、中まで火が通っていないのに、裏返した。

「フタをして弱火で焼かないと、中まで火が入らないよ」と私が言うと、「やーだ、そう？　ひじきもおからも火が通ってるだから、冷たくてもいいのかと思ったさや」

と、力なく笑った。

そういうときの母の表情や、体の傾け方、手に絡まってしたたり落ちる卵のどろどろ。

私の話を聞くときに、口もとを凝視する（耳が遠いから）まっすぐな目も、よく蘇ってきていた。


あれ、今これを書いていたら涙が出てきた。

いやだなあ。

さーて、そろそろ『たべもの九十九』の続きをやろう。

夜ごはんは、ひさしぶりにご飯を炊いて、ひとり鍋（鶏肉、豆腐、白菜、えのき、ねぎ）の予定。

西京みそを買ってきたから、白みそ仕立てにしよう。


そろそろ四時。

中野さんは、「ギャラリーＶ·ｉｅ」に六時過ぎくらいまでいて、帰ってくるとのこと。

展覧会の初日、お客さんはたくさん見にきているかな。

大根の薄味煮
塩鯖
焼き肉（おとついの残りの肉で）

私はいそいそと、夜ごはんの支度。

今、だしをとっているところ。大根を煮ようと思って。

中野さんは八時に帰ってらした。

缶チューハイの小さいので、ささやかに乾杯。

夜ごはんは、大根の薄味煮（干し椎茸、油揚げ、だしをとったあとの昆布を細く切ったもの。片栗粉でとろみをつけ、ゆでた小松菜添え）、塩鯖（大根おろし）、焼き肉（おとついの残りのお肉を焼いた）、きんぴらゴボウ（いつぞやの）、大根の皮の即席漬け（柚子こしょう）、味噌汁（豆腐、ねぎ）、ご飯。

明日は、中野さんの家族が展覧会にいらっしゃるので、私も見にいく。

ユウトク君やソウリン君に、また会える。

二月十二日（金）曇り

朝ごはんを食べ、中野さんをお見送りがてらクリーニング屋さん、郵便局、「コープさん」へ。

歯医者さんも予約してきた。

「コープさん」では、兵庫産のピチピチの小鯵をみつけ、南蛮漬けが食べたくなって買った。帰りの坂道は、コートを脱いでも、暑い、暑い。

もう、春みたいな陽気。

この一週間は楽しいことがいっぱいで、めまぐるしく、ちっとも日記が書けなかった。

日曜日には、「ギャラリーVｉｅ」でばったり会った、加藤休ミちゃんをうちにお誘いした。

中野さんを展覧会場に残し、ふたりで先に帰ってきた。

私は、六甲のスーパーで買って帰った缶チューハイの小さいのを呑んだだけで、もうすっかりいい気分になってしまった。

窓辺のテーブルで、台所で、よくお喋りしたなあ。

休ミちゃんに手伝ってもらいながら、カレーを作ったのも楽しかった。

よく炒めた玉ねぎと、いろんなスパイスが混ざり合った焦げ茶色のところに、トマトペーストの赤いのをちゅるっと絞り出し、ふたりで中をのぞきこんだ。

そのときのお鍋の中の様子が、休ミちゃんのクレヨン画に見えた。

水曜日には、小野さんと洋子さんがいらっしゃった。

その日は中野さんもうちにいて、私は昼間からのんびり料理の仕込みをしていた。

夕暮れがはじまったころにふたりがやってきて、窓辺のテーブルで、お土産のワインを呑みながら、ごちそうをいろいろ作って食べた。

話したいこと、聞きたいことがたくさんあって。なんだか四人の間を流れる川に、身をまかせているような楽しさだった。

というか、川に浮かんだ小舟に四人が乗り込み、大きな景色を眺めながら、おいしいものを食べたり呑んだりしながら、どこまでも流されていくような。

なかでもいちばんのハイライトは、小野さんが『ゆめ』を胸に抱え、ゆっくりとページをめくりながら、感想（評論のようだった）を話してくださった時間。

小野さんのひとことひとことを、記憶にとどめておきたいのだけど、その場で消えていってしまいそうで。私はひとりの少女になって、一心に聞いていたと思う。

一週間の間には、「天然生活」で紹介される、『日めくりだより』の本の取材も受けた。

宮下さんがインタビューをしてくださったので、終わってから一緒に坂を下り、「ギャラリーVｉｅ」に行った。

そのあと、中野さんと三人で、焼き肉屋さんへ。

コロナだからとても空いていて、お酒のラストオーダーも七時まで。

八時前にはお店を出て、帰ってきた。

そんなお祭りみたいな一週間の間に、私たちの新作絵本『みどりのあらし』も届いたの

小鰺の南蛮漬け
南瓜のポクポク煮
しろ菜の鍋蒸し炒め

だった。

届いた日の翌朝、私は本を抱えて二階に上り、陽の光がさんさんと降り注ぐベッドの上で声に出して読んだ。

自分が書いたことも忘れて。

絵をじっくり眺め、紙をさすりながら。

この絵本は、昆虫が大好きな小学生の男の子が主人公。

ユウトク君に描いてもらった絵もある。

カバーの題字もそうだし、中にはさまれているある場面の文字も、ユウトク君だ。

だから、三人の力が集まってできた絵本。

今日は、『みどりのあらし』を姉や友人たちに送る荷物を作ったり、手紙を書いたり。

たまっていたメールの返事も送って、夜ごはんの支度をしただけなのに、あっという間に夕方だ。

水平線にオレンジ色の帯が伸び、水色に溶けている。

二階の窓を開けた。

もう、今日が終わってしまう。

夜ごはんは、小鰺の南蛮漬け（人参、玉ねぎ、揚げ南瓜）、南瓜のポクポク煮、しろ菜の鍋蒸し炒め（なたね油、塩、かつお節）、味噌汁（切り干し大根）、白菜漬け、ご飯。

二月十三日（土）晴れ

ぐっすり眠って、夢をいくつもみて、七時過ぎに起きた。

カーテンを開けると、すっかり太陽が昇っている。

太陽の下の海は、幻みたいに光っている。

ラジオからはピーター・バラカン。

部屋中が黄色くなってきた。

えいっと起きる。

なんとなく、頭がぼんやりしたまま朝ごはんを食べ、たっぷり洗濯。

今朝は、海の水が膨らんでいる。

きのうが新月だったことと、関係があるんだろうか。

『帰ってきた日々ごはん⑨』の粗校正。

しばらく間が空いていたから、確認のためにもういちど最初から読み込みながらやった。

四月まで終わった。

今は、五時少し前。

絵本を投函しに、ポストまで散歩した。
海を眺めながらゆっくり下って、遠まわり。
今日の海は、やっぱり水かさが多いような気がした。
帰り道、坂のとちゅうで、燃えるような茜色の実を拾った。
カラカラに乾いた実。
たぶん、山梔子《くちなし》だと思う。
手の平をそっと開いて見るたびに、ハッ！と驚く色。
昇ったばかりの太陽みたいな色。
帰ってから、母の祭壇に供えた。
夜ごはんは、鶏胸肉とじゃが芋の塩炒め、サラダ（レタス、パセリ、ロースハム）。

二月十五日（月）
雨のち曇り、のち晴れ

雨の音を聞きながら寝ていた。
七時にラジオをつけて、ニュースを聞き、クラシックの番組を聞き終わり、そのあとゆらゆらと眠った。

胃袋の上に手の平を重ねてのせ、寝ていた。

ゆうべ、夜ごはんのあとにお菓子（ポテチや柿の種）を食べたから、なんとなくお腹が苦しかったし、私はくたびれているのだ。

目が覚めてからは、『帰ってきた 日々ごはん⑧』をベッドの中でゆっくり読んで、十二時に起きた。

まだ雨が降っている。

こんな日は、休息の日。

メールを送ったり、日記を書いたり。

ゆっくり。ゆっくり。

その間に、窓の外はいろいろに移り変わっていった。

三時半ごろ、ザ――――と大きな音がして、雨が降った。

二階から見ようと思って階段を上ったら、もう止んでいた。

今は、カラスが盛んに鳴いている。

何ともすがすがしい空。

どこかで虹が出ていそうな空。

と、思って見たら、東の空の雲間に小さな虹。

カレーライス（冷凍しておいたもの）
トマトサラダ

チ、チ、チ、チと、とぎれとぎれに鳴く小鳥が、木に遊びにきている。
なんだか今日は、空のあちらこちらで、曇りと晴れと雨がいちどにあるようなお天気だった。

夜ごはんは、カレーライス（いつぞやに冷凍しておいたものに、ブロッコリーを加えた）、らっきょう、トマトサラダ（玉ねぎドレッシング）。

二月十七日（水）
雪のち晴れ

七時前に起きてカーテンを開けたら、小雪が散らついていた。

よく見ないと分からないくらいの、粉みたいな雪。

トイレに行って戻ってきたら、本格的に降っていた。

上から下から舞い踊る、薄く透けた雪。

『雪のひとひら』の英語読みは「SNOW《スノー》 FLAKE《フレーク》」というそうだけど、本当に「フレーク」という音にぴったりな感じの雪。

雪はまっ白ではない。

空の方が白いので、灰色がかって見える。

あとからあとから降ってくる。

ずっと見ていると、遠くの方の雪は、灰色の小鳥の大群が乱舞しているように見える。

ときおり、風に煽《あお》られて窓に貼りつくものもある。

そういうひとひらは、一瞬だけ窓に結晶を残し、すっと消えてしまう。

七時前の天気予報、今朝は私の好きな天気予報士、萬木《ゆるぎ》敏一さん。

言葉自体は標準語なのだけど、関西弁のイントネーションが少し残った話し方で、聞く人の身になった予報をていねいに伝えてくれる。

うそのない言葉と、声だと感じる。

「今日は昼間になっても、四度から五度、上がっても六度くらいにしかなりません。風が強いので体感温度はさらに低く、冬のいちばん寒い日の服装でお出かけください」と言っていた。

今日は、午後から歯医者さんを予約している。

行けるだろうか。

ひとしきり降った雪が止んで、晴れ間が出てきた。

朝ごはんを食べるころには、もうどこもかしこも晴れ。

海には、光の帯が伸びている。

よかった。歯医者さんをキャンセルしなくてすんだ。

朝から、写真を撮ったり、テキストをまとめたり。「天然生活」の取材ページについての資料を作り、鈴木さんと宮下さんにお送りした。

気づけば、すっかり晴れ渡っている。

海のあちこちに、白うさぎ（白波のこと）が飛んでいる。

よほど風が強いのだ。

窓を開けると、キーンとした空気。

寒いけども、気持ちいい。

さ、そろそろ出かけましょ。

注文していたなたね油が届いたそうなので、「MORIS」にも寄る予定。

歯医者さんが終わって、遠まわりをしてしばし散歩。

「MORIS」では、今日子ちゃんが焼き菓子をいろいろ焼いていて、とてもいい匂いがしていた。

ヒロミさんも帰ってらした。

クツキーの端っこと、アール・グレイの香りのお茶と、弾むお喋りと。

あー、楽しかった。

帰りのタクシーがなかなか来ず、みんな「寒いですねえ」と声をかけ合いながら待っていた。

萬木さんのおっしゃる通りに、暖かめの格好をしてきてよかった。

夜ごはんは、大急ぎでクリームシチュー（ささ身、しめじ、長ねぎ、パセリをたっぷり刻んで煮込んだ。ポルトガルのお米の形のミニパスタのつもりで、冷やご飯をぱらぱらと加えた）を作って食べた。

二月十九日（金）
曇りのち晴れ

六時半に起きた。

雲が厚く、陽の出は見えず。

でも、小鳥たちが盛んにさえずっていた。

きのうは管理人さんが、Ｐタイルの床の剥がれかけた四枚を、新しいのに取り替えてくださった。

きれいに剥がし、隙間にセメントを塗り込め、とてもていねいに。

グレーの床に、オレンジ色と赤が加わった。

とても可愛らしい。

そして帰りがけに、「あ、そうや高山さん。なにしょーかーいうの、買いましてん。うちの息子らが見て、いろいろおいしいのを作ってくれますのん」と言われた。

はじめ、何のことなのか分からなかったのだけど、「サインをしてもろてもよろしいですか？」と言われ、ようやく分かった。

『自炊。何にしようか』だ。

「なにしょーかー」の本、嬉しいなあ。

今日は、Ｐタイルに重しをしておいたのをよけ、掃除をするところからはじめよう。

今、ピンポンが鳴って、『日めくりだより』の念校が届いた。

いよいよこれで最後だ。

コーヒーをいれて勤しもう。

ゆっくりゆっくり読み込み、三時には終わった。

まだ明るいから、窓辺でお裁縫。

今やっているのは、くつ下のダーニング。

雑巾もちくちく縫う。

だんだん暮れて、遠くの灯りが灯《とも》りはじめた。

窓を開けると、キーンとした空気。

冬の山の匂いがする。

夜ごはんは、温かいものが食べたいな。

おだしをとって、ゆうべの牡蠣ご飯で雑炊にしよう。今日子ちゃんにいただいたほうれん草も入れて。

夜ごはんは、雑炊(牡蠣ご飯、ほうれん草、卵)。

二月二十三日(火)
曇りのち晴れ

八時に起きた。

カーテンを開けると、曇り空。

太陽はとうの昔に昇り、雲の間から光がかすかに漏れている。

海に当たった先に、銀の原っぱがひとつ。

太陽の光の架け橋の幅が広がると、海の原っぱが増える。

見ている間にも、刻々と変わる。

金の線、銀の線があちこちに伸びる。

辛い鶏鍋
新ゴボウのサラダ
鶏レバーの醤油煮

金銀というよりも、一面の白のなかで、白く光っている。

窓辺に立ってしばらく眺めていたら、私の頭の真上に光が降ってくるような感じがした。

中野さんも下の窓から見ているかな。

階下に下り、「晴れた日よりも、暗いくらいの方が光るんですね」と言ったら、「そうですよ」と中野さん。

「ギャラリーVｉｅ」での展覧会も、もう折り返し地点を過ぎてしまった。

今日は、白州時代の仲間たちが展覧会を見にくるそうなので、うちにお誘いした。

中野さんはお昼ごはんを食べて出かけ、私はひとりで料理の仕込み。

四年ほど前に、佐渡島を一緒に旅した加藤さん、きんちゃん、なるみさんが集まる。

きんちゃんの娘のみっちゃん（高校一年生）は、期末テストで来られない。

でも、みっちゃんの高校の先輩の、世奈さんという女の子が来るかもしれないとのこと。

台所でみんなの顔を思い浮かべながら、空や海をときどき眺めながら、あれこれおいしいものを支度する。こういうのがいちばん楽しいな。

献立は、生ワカメ（さっとゆでて、ワサビ醤油）、新ゴボウのサラダ（すりごま、練り辛子、粒マスタード、マヨネーズ、白みそ）、鶏レバーの醤油煮（ゆで卵も加えてみた）、アルザス風大根のマリネ（レモン汁、ディル）、焼き帆立（島るり子さんの耐熱皿で、中野さんが焼いてくれるそう)、ひじき煮の白和え、ゆかりおにぎり、赤蕪漬けもどき。メインは、辛い鶏鍋(つくね団子、手羽のスペアリブ、豆腐、ゴボウ、豆苗、ニラ、ヤンニンジャン、味噌、キムチ、一味唐辛子)の予定。

二月二十六日(金)
雨のち曇り

九時に起きた。
眠たくて、眠たくて、ちっとも起きられなかった。
きのうもたっぷり寝たのに。
私はくたびれているのかな。
雨が降っている。
静かな雨。
雲が薄いから、ぼんやりと明るい雨。
白州のみんなが集まった夜は、とっても楽しかった。
会わない間に、四年分だけ年をとった私たち。
それぞれが過ごしてきた時間を思いながら、食べたり、呑んだり、喋ったり。

気のおけない仲間たちとの会は、ささやかだけど、賜物《たまもの》のように幸せな時間だった。

加藤さんは泊まり、翌朝コーヒーを飲んで帰られた。

中野さんも、同じ日の午後に帰った。

みんなの余韻を残しておきたくて、しばらくそのままにしていたのだけど、今日はようやくあちこち掃除機をかけた。

さて、きれいになったところで、『自炊。何にしようか』にサインをしよう。

夜ごはんは、焼き肉味の炒めもの（牛コマ切れ肉、人参、キャベツ）、おからのポテサラ風（ゆで卵、ディル、マヨネーズ、クリームチーズ、練り辛子、粒マスタード）、味噌汁（キャベツ）、ご飯。

焼き肉味の炒めもの
おからのポテサラ風

二月二十七日（土）晴れ

このごろ、朝ちゃんと起きられない。

なんとなく時差ボケのようになっている。

七時半にカーテンを開け、太陽の光を部屋中に入れ、もうひと眠り。

おかげでいい夢をみた。

去年の夏に亡くなった、編集者の若い友人（桃ちゃん）が出てきた。

光がたっぷり入るベッドのまわりを、にこにこしながらふわふわと歩いていて、なんだか元気そうだった。

ピンクのTシャツから伸びた、花模様のパジャマの足はとても痩せていたけれど、おかっぱくらいの長さに切ったカールした茶色い髪が、ふわっと私の鼻をかすめ、シャンプーのいい匂いがした。

「ほんとはね、カツ丼が食べたかったの。でも今日は、残さずに食べたよ、地味なごはんを」

ちょっと流し目のようにしながら微笑む、あの懐かしい笑顔でそう言った。

多分そこは病室で、彼女はあと数日で自分が亡くなるのを知っている。

私たちも知っている。

でも、ちっとも悲しくなくて。

温かな光を部屋中に放つ彼女のまわりで、私たちもふわふわと揺れていた。

最期を迎えようとしている人の、最後の光。

目覚めても私は、光を浴びながら目をつぶっていた。

体の中に光が入り、ふくらんでから、起きた。

朝ごはんを食べ、四月からはじまる神戸新聞の連載「毎日のことこと」の文を書きはじ

肉豆腐
おから
大根の味噌汁

めた。

もうじき五時。

もしかしたら、書けたかも。

しめ切りはまだまだ先なので、寝かせておこう。

「ギャラリーVｉｅ」の展覧会も、残すところあと二日。

今日もまた、中野さんがいらっしゃる。

夜ごはんは、肉豆腐（牛コマ切れ肉、豚コマ切れ肉、しらたき、椎茸、もめん豆腐、水菜）、おから（ゴボウ、油揚げ、コンニャク、人参）、納豆（卵、ねぎ）、大根の味噌汁の予定。

＊２月のおまけレシピ

辛い鶏鍋

鶏ももひき肉300ｇ　手羽中スペアリブ200ｇ　卵白１個分
生姜、にんにく各１片　白菜キムチ80ｇ　ゴボウ½本
絹ごし豆腐½丁　ニラ½束　豆苗１パック　だし昆布５cm角１枚
その他調味料（４〜５人分）

土鍋に６カップの水と½カップの酒を入れ、昆布を浸しておきます。３、４時間して昆布が充分に戻ったら、手羽中スペアリブを加え、ごく弱火にかけます。決して煮立たせず、アクをすくいながら30分ほどコトコトと煮、うまみを引き出します。鶏のだしが出たら昆布を取り出し、トリガラスープの素小さじ２、ヤンニンジャン大さじ１と½、味噌大さじ１、すりおろしたにんにく、キムチ、きび砂糖小さじ½、一味唐辛子小さじ¼を加えてスープの味をととのえ、一度火を止めます。

鶏つくねのタネを作ります。ひき肉をボールに入れ、卵白、生姜のすりおろし、塩小さじ⅓、黒こしょう適量、片栗粉大さじ１と½を加えて、ねばりが出るまでよく練ります。

ゴボウは少し大きめのささがきにし、薄い酢水に浸けて軽くもみます。アクが出たらザルに上げ、もう一度水に浸しておいてください。豆苗は根を切り落とし、半分の長さに。ニラは５cm長さ、豆腐は奴に切っておきます。

土鍋を中火にかけ、スープが煮立ったら水気を切ったゴボウを加えます。つくねのタネを２本のスプーンですくって丸く形作り、スープに落としていきます。すべて加えたらフタをして弱火にし、八分通り火を通します。豆腐、豆苗、ニラを加えて再びフタをし、ひと煮立ちしたらできあがりです。

お鍋の〆はぜひ雑炊に。残った具をすべて取り出してから、ご飯を加えてください。ふっくらと煮えたところに溶き卵２個分を流し入れ、フタをして蒸らします。ちぎった焼き海苔をのせるのもおすすめです。
※ヤンニンジャンがない場合は、コチュジャンで代用してください。

2021年3月

自分の内にある音に、耳を澄ます。

三月五日（金）曇り

七時に起きた。

いつもよりちょっと遅いけれど、ラジオをつけて、天気予報、ニュース、クラシック音楽の番組。

聞きながら、ベッドの上で体操。

しばらく日記が書けなかった。

気づけばもう金曜日。

中野さんが帰られたのは、いつだっけ。

最後の日には私も新開地まで行って、市場をめぐり歩き、公園でお昼ごはんを食べた。

さつま揚げいろいろと、焼きそば（スジコン入り）と、穴子の箱寿司。

とてもいいお天気の日で、陽射しが眩しかった。

淡路島産のちりめんじゃこ（小さなホタルイカが混ざっている）や、グリンピースを買って帰った。

ピチピチと跳ねる生きた魚を木箱に放り込んで、跳ねるまま売っている店や、ホタルイカも新鮮なのが二パックで二百円とか。

湊川《みなとがわ》の市場は、やっぱりおもしろいな。

朱実ちゃんと樹君が遊びにきたら、連れていってあげたい。

今日は、朝からめいっぱい動いた。

あさってが「天然生活」の撮影なので、ページに載せる作文を仕上げ、小さな試作をしてレシピを書き、お送りした。

電話もたくさんかかってきたし（ふたつだけれど）、あちこち掃除をしたりして。

撮影の日のみんなのお昼ごはんに、夏みかん、ちりめんじゃこ、おから煮を混ぜたちらし寿司をこしらえるつもりなので、カンピョウも甘辛く煮ておいた。

歯ごたえを残して、薄味に煮たカンピョウ、おいしいなあ。

下ゆでしたカンピョウを、だし汁か薄目のチキンスープで煮、グラタンにしてもきっとおいしいと思う。お麩と合わせて。

和風グラタンだ。

きのうは、新しいテレビの仕事が決まるかもしれない、という電話をいただいた。

ひとつだめになったら、新しいことがまたひとつ生まれる。

だめにならなかったら、生まれなかったかもしれない、新しいこと。

偶然なのか、必然なのか……そういうものに感謝をしたくなるような、そんな感じのする日だった。

寄せ集めシチュー
キャベツの塩もみ炒め

今、五時を過ぎたところ。

空と海の境がなく、海の水色が空に溶けている。

だからか、空がいつもより広々として見える。

遠くの灯りが灯りはじめた。

今日もまた、いい夕方がはじまろうとしている。

夜ごはんは、寄せ集めシチュー（魚介入りトマトソースのペンネ、チキンスープで煮た大根のさいの目切り、牛乳、チーズを少し、ディル）、キャベツの塩もみ炒め。

三月六日（土）
曇りのち晴れ

六時半に起きた。

今朝のラジオのクラシックは、合唱曲。

最後にかかった「マタイ受難曲」を聞きながら目をつぶり、天気予報を聞きながら、ストレッチ体操をして体を温めた。

寒いのかなと思ったら、四月の中旬並の気温なのだそう。

カーテンを開けると、どんよりとした曇り。

おにぎり（「いかりスーパー」の）
おから煮
豚汁

さ、今朝は早くから行動しないと。

美容院と、撮影用の買い出しに出かけるので。

まだ頭がぼんやりしているのに、動かなければならない。

ふだん私はそういう動き方をしていないから、気づけなかったのだけど、お勤めの人たちも、家族を送り出すお母さんも、こういう朝が日常なのだな。

私はいつも朝風呂に浸かって、ゆっくりゆっくり動いて、体の感じをつかんでいくもの。

それでだんだん、目覚めていく。

みなさん、ごくろうさまです。

八時に、朝ドラの一週間分のまとめを見ていたら、ぱーっと晴れ間が出て、一瞬だけ空が明るくなった。

煙突から上る煙と、すぐ上の雲の輪郭が光っている。

空一面、ぼんやりとした霞がかかっているのに、そこだけ光っている。

春霞だ。

では、行ってきます。

夜ごはんは、お昼を抜いていたので四時に食べた。

おにぎり（「いかりスーパー」の）、おから煮、豚汁（豚コマ切れ肉、ゴボウ、大根、人参、玉ねぎ、ねぎ）。
　食べてから、明日の仕込みをいろいろやった。
　風呂上がり、雲に夜景のオレンジ色が映って、とてもきれい。

三月七日（日）晴れ

六時半に起きた。
ひさしぶりに、陽の出を見ることができた。山の上の雲から出た。
今日はいよいよ「天然生活」の撮影。
朝、ゴミを出しにいくときに、大きく長い龍の雲が出ていた。
道路の方に出ると、小さいのも合わせて四つ。
おとついまでは、曇りのち雨の予報だったのに、よく晴れてくれた。
濱田さんは晴れ男なのかな。
宮下さんも、晴れ女？
ゆうべ練っておいたパン生地を成形し、今ベッドの上で二次発酵させている。
撮影は、ここからスタートだろうか。
濱田さんはコンテなどには関係なく、目に映ったものをどんどん撮っていってくださるから。
さて、どうなることだろう。
きっと、楽しい日になる気がする。
ちらし寿司の支度も万全だ。
あとは、野となれ山となれ。
そろそろみなさんがいらっしゃる。
※夜ごはんは記録するのを忘れました。

三月九日（火）曇り

六時半に起きた。
陽の出を見ることができた。
もうすっかり顔を出したあとだけど。
そして、山の上の雲からだったけど。
朝からゆっくりゆっくり動き、メールをずっと書いていた。
午後からは、神戸新聞の連載の作文の仕上げ。
写真も撮った。

とちゅうで、あちこち掃除。

おとついの撮影のことを思い出しながら。

「天然生活」の撮影では、朝から日暮れまで、濱田さんにたくさん写真を撮っていただいた。

私も自由に動き、そのままを撮ってもらった。

お昼ごはんのちらし寿司も、おいしかったな。

いったい何種類の具を混ぜたのだろう。

おから煮（人参、コンニャク、油揚げ、ゴボウ）、蕪の甘酢漬け（葉っぱも刻んで入れた）、カンピョウ煮、焼き穴子の含め煮、サーモンのお刺し身（前の晩にヅケにしておいた）と、翌日そこに加え軽く浸けた帆立のお刺し身、実山椒の佃煮、ちりめんじゃこ、いり卵、夏みかん（休ミちゃんが送ってくださった）、青じそ。

まだ、あったかな。

こんなに混ぜたのに、ひとつひとつの味がちゃんとして、とてもおいしかった。

みんなおかわりをした。

濱田さんは四杯。

「すごい！　食べるたびに違う。どう言えばいいんやろ。いろんなのが、それぞれの味をちゃんと持っていて、口の中で弾ける。その弾け方が、ひと口食べるたびに違う。こんなに入っているのに、全体は調和してます。なんでやろ?」とおっしゃった。

お昼を食べ、屋上に上ったら体を動かしたくなり、私は走った。

そしたら濱田さんも走りはじめ、追いかけっこになり、走る私を濱田さんが走りながら撮っていた。

最後、暮れゆく空を眺めながら、窓辺でごはんを食べる場面を撮ってもらっているときに気がついた。

濱田さんはまるで、自分の眼がカメラみたいに、瞬きをするみたいにどんどん撮る。

でも、フイルムがなくなって取り替えにいくときと、もとの立ち位置に戻ってくるときには、ゆっくりと静かに動く。

空気が動かないので、撮られていても気にならない。

なので、同じようなポーズが何度もできる。

まったく関係のない動きをしても、またそれも撮られる。

決まりきっていない。

だから、すっごくおもしろい。

撮影が終わり、窓辺のテーブルでささやかに乾杯した時間も楽しかった。

もう何年も前からお世話になっているのに、私は濱田さんの話をはじめて聞いた。文を書いてくださる宮下さんとは、何度も一緒に呑んでいるけれど、鈴木さん（『日めくりだより』の編集者）ともはじめて呑んだ。

濱田さんは、お酒を呑まれない。

おもしろかったなー。

この撮影の様子は、『日めくりだより』の刊行を記念し、四月二十日発売の「天然生活」に掲載されます。

巻頭ページに載るのだそうです。

どうかみなさん、楽しみにしていてください。

今日は、対岸の水平線が黄色い。

夕方になったら、海まで黄色くなってきた。

黄砂だろうか。

もしかして花粉？

夜ごはんは、グラタン（いつぞやの寄せ集めクリームシチューの残りに、ほうれん草炒めを加え、チーズをのせてオーブンで焼いた）。

三月十二日（金）
曇りのち雨

六時前に起きた。

雲が厚く、空も海も白っぽい。

今朝の『古楽の楽しみ』は、ミサ曲。

六時半になっても、薄暗いまま。

陽の出は見られなかった。

最近はまた、暗いうちからカーテンを開け、明けていく空を見るのが楽しみ。

おとついだったかな。ううん、その前の日だ。

五時くらいにカーテンを開けたら、目の前に細い細い月が光っていた。

三日月よりも細い、羽根みたいな月。

まだ夜景の灯っている暗い空に、虫ピンで止めたように、そこにあった。

あんまりきれいで、ハッとした。

ベッドに寝転ぶと、枕の位置からちょうど見えるので、陽が昇るまでずっと見ていた。

徐々に、徐々に細く、銀色の絹糸のようになり、太陽が昇るにつれて白く、もっと細くなった。

私は目をつぶったり、開けたりしながら、青空に消えてゆくまで見届けた。

今朝は、陽の出は見られなかったけど、ミルクティーをいれて戻ってきて、めずらしくベッドの上にかしこまり、ヒロミさんにいただいた「暮しの手帖」の古い雑誌をめくった。

表紙には、一九五七年発行とある。

私が生まれる一年前だ。

巻頭に台所研究の記事があって、それをじっくりと読んだ。

カラー写真ではないから、床や壁、流し台、棚などが何色なのか書き込まれている。

窓も、ガスコンロの角ばったデザインも、昔ながらのオーブンも、和洋折衷のようなこの時代の台所。

木製の棚に塗られた、厚ぼったいペンキの匂い。

陶器を落としたら割れてしまいそうな、白いタイルの流し。

そうか、私はこういう台所がいちばん好きなんだ!と気がついた。

朝ごはんを食べ、おとついから書きはじめた「気ぬけごはん」の続き。

窓の外が白いと思ったら、雨が降っている。

薄いセーターだけでは肌寒い。

四時には仕上がり、お送りする。

終わったー。

夜ごはんは、肉厚ハンバーグ（亜衣ちゃんのレシピがお手本）のトマトソース煮（大根のバター煮、ゆで菜の花添え）、ご飯はなし。

ハンバーグは、さらりとしたトマトソースでほんの少しだけ煮込んだのだけど、やわらかくジューシーで、たまらないおいしさだった。

表現はよくないけれど、肉を飲んでいるみたい。

四つ分作ったので、まだまだある。

お風呂上がりの夜のラジオは、教会音楽。

今夜も夜景のオレンジが雲に映り込み、とてもきれい。

三月十四日（日）晴れ

六時半に起きた。

ゆうべ練っておいたパン生地を、ベッドの上で二次発酵させながら、「天然生活」のＹｏｕＴｕｂｅにのせるための動画を確認し、朝からレシピを書いていた。

この間の撮影の日に、みんなのお昼ごはんにこしらえた「具だくさんちらし寿司」。

このレシピは、もともと雑誌の方には載せないつもりでいたし、動画の撮影も知らない間に急にはじまった。

手順のすべてが撮られているわけではないけれど、あの日のそのままの時間が映っていて、ゆるやかでいいなあと思う。

うちではお客さんが何人か集まると、いつも床の絨毯の上に白いクロスを敷いて、ピクニックのようにごはんを食べる。

だから、ちらし寿司もそこで作っていった。

ライターの宮下さんが、私のつぶやいたレシピをその場で記録し、ゆうべのうちに覚書きを送ってくださったので、それをもとに書いている。

『日めくりだより』の刊行を記念して、来週か再来週にアップされるのではないかと思います。

ご興味のある方は、ぜひのぞいてみてください。

お昼も食べずに夢中でやっていたら、もう二時だ。

きのうのうちに掃除をし、雑巾がけもしておいたので、今日は本にサインをしよう。

五十三冊。ゆっくり、ゆっくりやろう。

白い紙が美しい、とても繊細な本だから、サインをするのは気が引ける。

さて、どこに書いたらいいのかな。

回鍋肉
中華焼きそば（いつぞやの残り）

いよいよ、『日めくりだより』が全国の本屋さんに届けられます。

どうかみなさん、楽しみにしていてください。

夜ごはんは、回鍋肉（ウー・ウェンさんの本のレシピで）、中華焼きそば（いつぞやの残り）。

三月十八日（木）晴れ

たっぷり眠って、夢もいろいろなのをみて、七時半に起きた。

太陽はもうすっかり昇っている。

そういえば、朝陽が昇る場所がずいぶん東に移動した。

でも、太陽の照り返しで光っている海は、猫森（東に見える小さな森。猫がうつぶせになっている姿に見えるのでそう呼んでいる）の枯れ枝の隙間から、ちゃんと見える。

月曜日からきのうまで、中野さんが泊まっていた。

画材屋さんからの帰りだったとのこと。

二日目だったかな、その日私は役所の方にお会いしたり、『日めくりだより』のサインをしに、六甲の本屋さんへ出かけた。

帰ってきて玄関を開けたら、とてもいい匂いがした。

中野さんが、じゃが芋とにんにくを鍋で蒸し焼きにしていた。

ツルニチニチソウの小さな絵も描いてあり、仕事机の上に飾ってあった。

音楽は、最近私がよく聞いている、デンマークの歌曲集。

誰かがいる家に帰ってくるのは、とても嬉しいのだけど、気恥ずかしくて変に浮かれてしまうような、不思議な気分だった。

まだ四時だったけど、じゃが芋が熱いうちに窓辺で乾杯。

『日めくりだより』おめでとうございます」と、ささやかにお祝いしてくださった。

きのうの朝は、サインの続き。

私がサインした本を、床の上で中野さんが五冊ずつ紙で包み、プチプチでさらに包み、ダンボール箱へ。

まっすぐになるように、箱の底にも厚紙が敷いてあった。

絵や立体をいつも包んでいるから、中野さんの手指の動きは迷いなく、流れるようだった。

おかげでとても丈夫な梱包で、販売部にお戻しすることができた。

お昼を食べて帰っていった中野さんは、今、新しい絵本のことをやっている。

描いているというより、手を動かしているんだそう。

鰆の味噌漬け
蒸し小松菜
ゆかりおにぎり

今日から私は、『帰ってきた日々ごはん⑨』の初校に勤しむ。

三時過ぎに、一月と二月が終わった。

コーヒーをいれ、もう少しがんばろう。

今は五時半。

三月まで終わった。

二〇一八年の三月には、りう（スイセイの娘）の次男がぶじ生まれ、翌日に私は沖縄のきこちゃんのところへ行ったのだった。

そうか。

もう、あれから三年が経ったのか。

海はまだ青く、なんとなしに霞んでいる。

今日はずっと窓を閉めていたのだけど（花粉症対策で）、開けたら、たくあんみたいな匂いがした。

なんか、有機的な匂い。

春になって地面が温まり、目に見えない生きものたちがうごめいているのかな。

夜ごはんは、鰆《さわら》の味噌漬け、蒸し小松菜、シジミと豆腐の味噌汁、ゆかりおにぎり。

六時を過ぎてもまだ明るい。

ずいぶん日が延びたものだ。

三月二十日（土）
晴れのち曇り

六時前に起きた。

外はもうほの明るい。

トイレに行って戻ってきたら、太陽が昇っていた。

橙色の玉がじりじりと、霞の向こうに透けて見える。

きのうも今日も、線香花火みたい。

ラジオを聞きながら、夢の体感を反芻《はんすう》していた。

ゆうべは寝る前に、小川洋子さんの『ことり』を読み終えた。

もう、何度も繰り返し読んでいる本。

とても静かな物語なのだけど、終盤はものすごい勢いで、静《せい》の渦に巻き込まれるようになる。

「感動した」なんていう言葉には、とても収まらない。

これほどに汚れなく、清らかな物語を他に知らない。

読み終わってすぐにまたはじめから読み、とちゅうで閉じた。

自分の内にある音に、耳を澄ます。

一冊を通じ、そういうことが描かれているように思う。

そのまま眠ったから、本の中の空気を体感しているような夢をみたんだな。

さ、今日もまた『帰ってきた日々ごはん⑨』の初校の続きをやろう。

お昼ごはんを食べたら、ひさしぶりに坂を下りる予定。

ポスト、コンビニ、クリーニング屋さん、「MORIS」へ。

夜ごはんは、カレイの煮つけ（だし汁多めの薄味、煮汁で軽く煮たワカメ添え）、塩もみ人参とキャベツのサラダ（ハム、黒酢ドレッシング）、冷やご飯（お昼に炊いたのを、お弁当箱に詰めておいた）。

カレイの煮つけ
塩もみ人参とキャベツのサラダ

三月二十一日（日）

降ったり止んだりの雨

窓は霧でまっ白。

ツクピーツクピー、チュクチュクチュクチュク。

小鳥たちの声がよく聞こえる。

海も街も霧に包まれているこんな日に、好きな仕事に向かえることが、じんわりと嬉しい。

きのうは、『日めくりだより』の本に登場していただいたお礼を伝えに、「植物屋」さんと「かもめ食堂」へ行った。

桜がちらほら咲いていて、ユキヤナギも満開で、上着を脱いで歩いた。

「MORIS」では、森本仁さんの展示会が開かれていて、私はお皿を一枚買った。

外の光に当てて眺めているうちに、そのお皿に盛りつけたい料理が目の前に浮かんできたので。

筍と新ワカメの薄炊き、蕗の薄味煮、緑の葉っぱのおひたし、白和え、白菜と夏みかんのサラダ、ローストポークと小粒じゃが芋、ハンバーグ、肉団子……和洋中だけでなく、民族っぽい料理も受け止めてくれそうな器。

きのうはさっそく、カレイの煮つけを盛ってみた。

薄い色の煮汁が底に広がって、ワカメや生姜の色も映えていた。

春先のカレイは身が白く、やわやわで、脂ののりも上品。

小さめの切り身だったので、ひとりで二切れぜんぶ食べた。

愛《め》でながら、器ごと食べてしまったみたいな感じ。

三月二十四日（水）晴れ

さ、今日もまた『帰ってきた日々ごはん⑨』の初校の続きをやろう。

午後から陽が射してきた。

風がとても強い。

雲よ、飛んでいけー。

今、ミニトマトを四つ割りにして、塩をまぶしておいた。

もう少し汁が出てきたら、なたね油とローリエを加えて煮、トマトペーストを補って、トマトソースにするつもり。

雨がまた降ってきた。

霧でまっ白。

夜ごはんは、ペンネのトマトソース（ホタルイカとじゃこのにんにくオイル漬け入り）、ロシアっぽいおからのサラダ（マヨネーズ、クリームチーズ、ゆで卵、牛乳、粒マスタード、練り辛子、ディル）。

また、森本さんの器に盛った。


六時前に起きた。

ペンネのトマトソース
ロシアっぽいおからのサラダ

ベッドの上に立ち上がって、陽の出を見る。

ここからでないと、もう見えなくなった。

気づけば、陽の出の時刻もじりじりと早まっている。

枯れ木の先にポッと浮かんだ太陽は、丸い花みたい。

朝ごはんの前にひと仕事。

『日めくりだより』のゲラの片づけを、ようやくはじめた。

税務のことも勉強中なので、資料を整理。

きのうは、パソコンで請求書をはじめて作った。

時間はかかったけれど、編集者の鈴木さんに助けてもらいながらなんとかできた。

この先、ひとりでもできるようにフォーマットを保存し、パソコンの整理もした。

いろいろ試しているうちに、これまで知らなかった機能が使えるようになった。

苦手とか、自分には向いていないとか、ぜったいできないとか……私はずっと思い込んでいただけだったのかも。

新しいことができるようになるのって、晴れがましい気持ち。

そしてきのうは、『帰ってきた日々ごはん⑨』の校正もした。

今日も続きをがんばろう。

三月二十五日（木）
雨のち晴れ

暑い。

窓を開けると花粉症のくしゃみが出るので、玄関を開け、網戸にしている。

それでもなんとなく、暑い。

きのうは肌寒く、カーディガンを羽織っていたのに。

母の祭壇に飾ってある、桜の枝先三センチ（開きかかった蕾が落ちているのが忍びなく、拾ってきた）は、きのうよりも少しだけ膨らんできている。

夜ごはんは、野菜たっぷりミルクスープ（キャベツ、大根、ブロッコリー、ソーセージ、ペンネ）。

夜ごはんを食べ、二階の窓を開けて深呼吸。

白い半月（少し膨らんでいる）が、まだ青い真上の空に。

桜の蕾もずいぶん膨らみ、明日の朝には咲くかもしれない。


六時に起きた。

雨模様で、陽の出は見られず。

桜の蕾も、きのうと変わらず。

朝ごはんの支度をしているとき、遠くの空に黒っぽい鳥が三羽、一定の距離を空けたまま、縦に並んで飛んでいた。

ゆうゆうと、螺旋《らせん》を描いている。

高いところから下りてきているのかな。

ずいぶん小さく見えるけど、多分カラスだ。

今日は手紙を書いたり、机まわりを整頓して、税務関係の資料をそこに納めたり。

これまでスイセイに任せっきりだった、申告まわりのことを、今年から自分でしようと思うので。

『自炊。何にしようか』にサインもした。

夕方、雨上がりに桜見物の散歩に出た。

ポストと、「コープさん」へ。

いつもは行かない川沿いの神社まで、足をのばした。

ずいぶん咲いている木と、まだ二分咲きのところと、いろいろ、いろいろ。

満開までにはもうしばらくありそうだ。

軽く買い物し、ゆっくりゆっくり坂を上って帰ってきた。

厚揚げのじりじり焼き
ゆでブロッコリーのお焼き

暑くもなく、寒くもなく。

東の空には白い月。

帰り着いてすぐに、よく冷えた缶ビール。

いろいろなことがひと段落したので、坂を上っているときから決めていた。

白い月に乾杯！

もうじき六時、まだ明るい。

呑みかけのビールを持って台所へ移動し、夜ごはんの支度をした。

夜ごはんは、厚揚げのじりじり焼き（たっぷりのおろし生姜に醤油をちょっと）、ゆでブロッコリーのお焼き（フライパンに並べておろした長芋とチーズをのせ、丸く焼いた。ずっと前にヒロミさんに教わったレシピ）、ご飯はなし。

お風呂上がり、窓を開けると、空の真上に光る月。

三月二十八日（日）小雨

朝から雨。

目に見えないくらいの。

でも、降っている。

陽の出は見えない。でも太陽は、あのあたりにあると分かる。

三センチの桜の小枝は、小さな花がひとつだけ開き、枯れてしまった。

朝ごはんを食べ、スイセイに送るレシートの整理をした。

あとは三月分を残すのみ。

来月からは、私が自分で「現金出納帳《すいとう》」をつける。

きのうは、朝から皮膚科の病院に行った。

花粉症のせいなのか、あごのあたりに発疹ができ、少しずつ広がってきていたので。

はじめて行ったのだけど、とても感じのいい病院だった。

共同トイレの洗面所の、山側の窓が開けてあり、明るくて清潔。

その自然の光や、窓から入ってくる風のように、爽やかな感じのする病院だった。

診察はささっと終わり、ローション（化粧水みたいなもの）と塗り薬をもらって、開店前の「MORIS」へ。

『日めくりだより』にサインをし、ヒロミさんと今日子ちゃんのお喋りに笑い、そのあと、阪急電車に乗って三宮にも行ってきた。

パソコン用の、新しい眼鏡を作ろうと思って。

眼鏡屋さんでは説明だけ聞いて、厨房道具屋をのぞき、生地屋のバーゲンものぞき、元

ホタルイカとほうれん草の
トマトソースペンネ
新ゴボウのサラダ

町からJRに乗って大中道へ。

美容院にも行った。

だから今日は、もう、どこにも出かけなくていい。

急いでやらなければならない仕事もない。

これから、生のトマトでトマトソースを作ろうと思う。

しんとした日。

外が白い。

窓を開けると、けっこう降っている。

しとしとじみじみ。

枯れ木に、若緑の葉がずいぶん出てきた。

朝よりもさらに、伸びているような気がする。

夜ごはんは、ホタルイカとほうれん草のトマトソースペンネ、新ゴボウのサラダ（すりごま、黒酢玉ねぎドレッシング、フレンチマスタード、マヨネーズ）。

新ゴボウは今、生でも食べられそうなくらいに白く、みずみずしく、歯切れがいい。

ざーっと音を立ててひとしきり降った雨も、夜には止んだ。

三月二十九日（月）晴れ

黄砂が飛んでいるというので、窓を閉めていたのだけれど、夕方、たまらなくなって散歩に出た。

桜の咲いている方へ、咲いている方へと誘われるように。

マスクをして、手紙を持って、ずんずん歩いた。

いつもとはまったく違う道。

そしたら、大月台公園というところに出た。

川に沿って長い石段があり、桜の古木が並んでいた。

見事な桜の急な階段をゆっくり下り、そのままカーブ。

桜並木の、ゆるやかなスロープを下りきった橋のたもとに、ポストを発見。

手紙を出したら、こんどは別のコースから、桜の階段に向かってもういちど歩いた。

とちゅうで、道に落ちている桜の花をみっつ拾って帰ってきた。

去年亡くなった編集者の友人（桃ちゃん）、お母さん、私の分。

帰り着き、すぐに顔を洗って、それぞれの祭壇に飾った。

私の分の花だけ持って二階へ。

窓を開け、缶ビール。

先生に目を洗っていただいたら、それだけでずいぶん楽になった。

帰って目薬を差し、お風呂から出たときにはずいぶん落ち着いて、ちゃんと眠れた。

今朝は、先生のおっしゃった通り、本当によくなっていた。

電話をしたら、タクシーがすぐに来てくれて。

すぐに診てもらえるお医者さんもいて。

その病院は、六時半までやっていてくれて。

とても古い建物で、薄暗いところだけれど、ヒロミさんに教えてもらった信頼できる病院で。

私は、すべてが、本当にありがたかった。

さあ、もうじき一時。

そろそろみなさんがいらっしゃる。

もう、目はいつもと変わらない。

今日の撮影は一品だけだから、スタッフの賄いに、蕪の蒸らし炒めを作っておこう。

撮影は三時くらいにぶじ終わり、はじめてお世話になったカメラマンの女の子と、裏山に上って山桜を見た。

そのあと、気のぬけたビールで南風荘ビールを作り、春の空に乾杯した。

明日は、個人事業主の開業届を出しに、川沿いを歩いて税務署に行く。
そしてその足で、中野さんの実家へ。
ユウトク君、ソウリン君たちと春休み。
子どもたちも私も、明日から新年度だ。

＊3月のおまけレシピ

丸パン

強力粉150g　薄力粉50g　ドライイースト2g　牛乳60g
はちみつ小さじ2　その他調味料（6個分）

106ページのアルバムにも登場しているパン。ポリ袋の口を結んで低温でゆっくり発酵させるため、ほとんどこねなくてもいいのです。


ボウルに粉類とイーストを入れ、指先で軽く混ぜます。ミルクパンに牛乳と水60g、はちみつを入れ、スプーンで混ぜながら30℃くらいになるまで温めます。粉の上から注ぎ、軽くまとめたら、なたね油などの植物油を大さじ1加えて混ぜ、生地を手でちぎりながら、均等に油をいきわたらせます。硬く絞ったぬれ布巾をかぶせ、室温で10分ほどおいて休ませます。

生地に塩小さじ⅔をふりかけ、手の平で包み込むようにしながら2～3分やさしくこねます。生地をポリ袋に入れ、袋の口をねじって固く結びます。冷蔵庫の野菜室（7℃以上に設定してください）に入れ、一晩かけて発酵。冬場は冷蔵庫には入れずに室温で発酵させます。

生地が2倍に膨らんで、ポリ袋がパンパンになっていたら1次発酵の完了。袋から取り出して丸め直し、スケッパーで6等分に切り分けます（ひとつ約60gです）。

クッキングペーパーを生地の大きさに切り、保存容器のフタの上に並べます。生地を丸めてひとつひとつ台紙の上にのせたら容器をかぶせ、部屋の中の暖かい場所に置いて（温室のようになるので霧吹きは不要)、2次発酵。生地が1.5倍になるまでゆっくりと待ちます（焼き上がりを想像し、その1割方小さめが目安です)。

膨らんだ生地を傷つけないように、台紙ごと天板に間隔を開けながら並べたら、強力粉を茶こしで軽くふり、表面にナイフで薄い切り込みを入れます。180℃に温めておいたオーブンに入れ、160℃に下げて13～15分焼いてください。

1月

1日　はじめて迎えるひとりのお正月。
新年のごちそうは、赤蕪の甘酢漬け、
紅鮭の石狩漬け、伊達巻き、浸し黒豆、
お雑煮、塩もみ大根の柚子搾り。

夜ごはんは、里芋の薄炊き、
浸し黒豆の白和え、焼き肉、
味噌汁（切り干し大根、落とし卵）など。

7日　夜ごはん。
煮込みハンバーグ・ライス。

「暮しの手帖」の展覧会で
花森さんの原画を見て、
描きたくなった。

9日　母の祭壇。

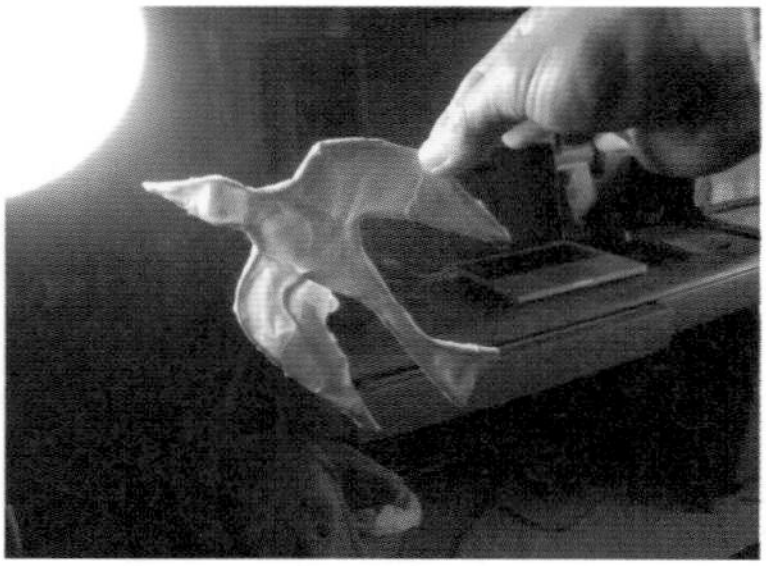

16日　中野さんに教わりながら作った
鳥（ツバメのつもり）のモビール。

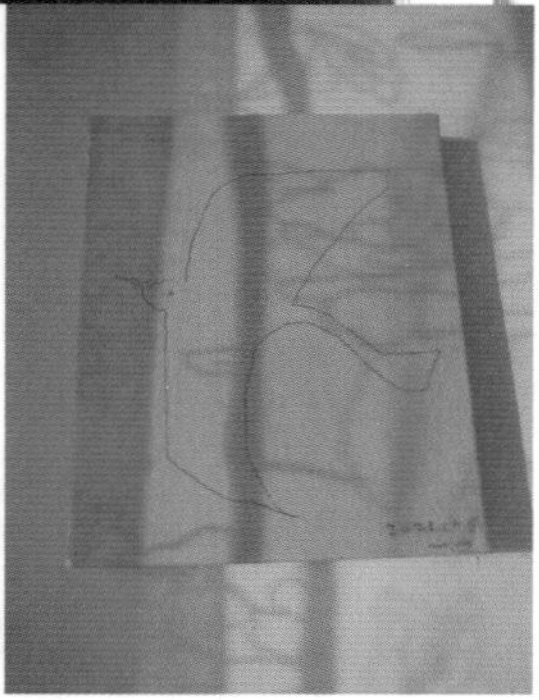

21日　寝室の天井に吊るしたモビールに、
朝陽があたっていた。
朝は、カーテンのレースの模様が絵に映る。

24日　夜ごはん。
白菜と麩のグラタン、手作り白パン。

31日　グラタン（牡蠣と青菜のペンネの残りをトマトソースで和えた）、白菜の塩もみサラダ（手作りマヨネーズ）。

30日　丸パンがうまく焼けた。

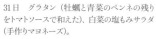

2月

4日
ゆうべ練っておいた丸パンの生地。
うまく発酵した。

10日
『おにぎりをつくる』と『みそしるをつくる』の
ポスターが、書店に飾られたそう。
※撮影・佐川祥子さん
（紀伊國屋書店 横浜店にて）

14日　加藤休ミちゃんが夏みかんを送ってくれた。
皮はガーゼの袋に入れてお風呂に。

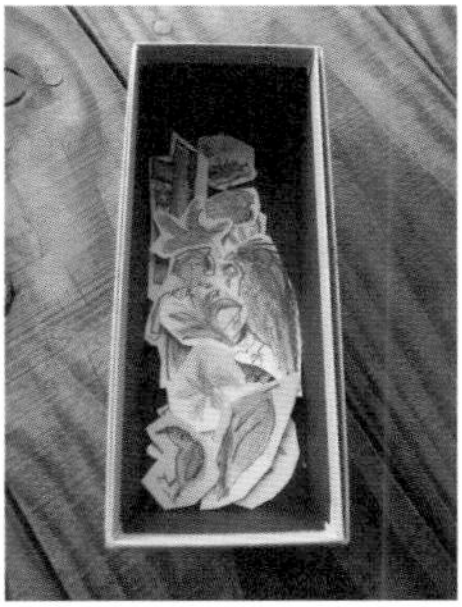

17日 「毎日のことこと」
のためのイラスト。

19日

18日
Pタイルを貼り替え中の管理人さん。

28日　朝ごはん。
いり卵トースト（中野さん作・
小松菜の食パンで）。

27日　お昼のいり卵弁当
（混ぜご飯、かまぼこ）。

21日　夜ごはんは焼き餃子、
トムヤムスープ、ご飯（中野さんと）。

3月

2日

4日　『日めくりだより』が
ぶじに刊行したのを、祭壇の母に報告。

7日　屋上にて。
「天然生活」のため、走っている私を濱田英明さんが撮影中。
※撮影・宮下亜紀さん

10日　モビールの鳥が、空を飛んでいるみたい。

11日　『日めくりだより』刊行に合わせ、
全国の書店さんにポップを書いた。

12日　夜ごはん。
肉厚ハンバーグの
トマトソース煮
(大根のバター煮、
ゆで菜の花添え)。

14日　山の入り口で摘んだツルニチニチソウの絵を、『日めくりだより』に添えた。

14日　夜ごはん。
市販のナンの生地で、ピザを作った。

10日　夜ごはん。
陶芸家・森本仁さんの器に盛りつけた、筍と新ワカメの薄炊き。

15日「気ぬけごはん」のリーダーの挿絵が可愛かったので、ゲラに色を塗ってみた。

18日　お天気雨が降ったあとの虹。

30日　夜ごはん。
ボルシチかけご飯に、
ゆでたグリンピースを添えた。

5月

11日　昼ごはん。
ゆかりとワカメのおにぎり、ゆで卵。

7日　昼ごはん。おにぎり弁当（スーパーの
クリームコロッケ、蕪の梅和え、ピーマン炒め、ゆで卵）。

23日
アムとカトキチが送ってくれた山ウドで、
きんぴらを2種類作った。

アムが送ってくれた、
富良野の「道の駅」の
黒豆。

ワンピースが縫い上がったので、
アイロンをかけた。

24日　昼ごはん。
山ウドのきんぴらと、黒豆入りのちまき風炊き込みご飯を持って「MORIS」へ。今日子ちゃんが作ってくれたのは、そら豆のちび春巻き、じゃが芋のナムル、ズッキーニとしらすのサラダ、半熟ゆで卵。
※右下写真の撮影・森脇今日子さん

26日　夜ごはん。辛いオムライス
(生のトマトのソース、ソーセージ)。

25日　夜ごはん。
チキンソテーご飯、
小松菜炒め、
生のトマトのソース。

27日　雨上がり、屋上と外に出て霧の写真を撮った。

29日　手作り生ソーセージの冷凍。

30日　お米の苗に水をあげている、
中野さんのお父さん。

31日
ツバメの巣の
工作（中野さん、
ユウトク君の合作・
中野家にて)。

6月

5日　昼ごはんは卵サンド。

2日　お茶の時間。
ヒメハクチョウゲの鉢植えと。

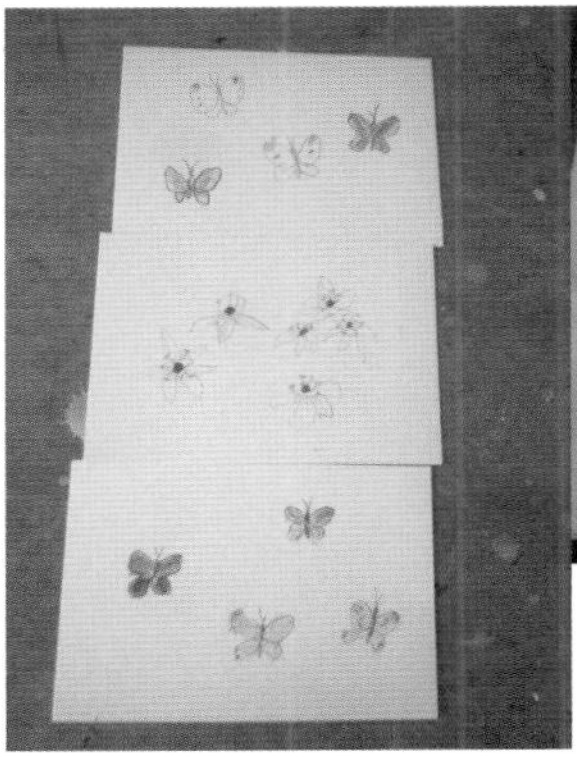

去年、画材屋さんで買った白いノートに、ソウリン君（左）と中野さん（右）の絵を貼った。

13日　蝶と花は私の絵。

15日　夜ごはん。
じゃが芋とベーコンのお焼き。

19日　朝ごはん。
ソーセージ炒め、
いり卵、バタートースト
(中野さん作)。

『帰ってきた日々ごはん⑨』のサイン中。

16日　白い蛾が
窓の間に挟まっていた。

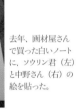

夕陽が海に映っている。

20日　朝ごはん。ハムチーズトースト、
ソーセージ、ゆで卵（中野さん作）。

25日
山口に出かける朝の
ヨーグルト
（スイカとメロン）。

26日　山口のヘルスセンター「長沢ガーデン」
にて。入り口近くのソフトクリーム屋さん。

夜ごはんは「クウクウ」の厨房仲間、あっちゃん宅で。
アボカドとキウイのサラダ、トマトとひじきのサラダ、
パプリカとじゃこのマリネ、ひよこ豆のキーマカレーなど。

30日　夜ごはん。トマト（結晶塩）、
胡瓜のサラダ（手作りマヨネーズ）、ハムの盛り合わせ。

29日　山口の
「ゆめはくカフェ」で
対談をした、
光浦健太郎さんの
工場のお味噌。

2021年4月

私はこのごろ、何をしていたんだろう。

四月一日（木）晴れ

届け出の用事をすませてから、税務署の隣の小さな公園で、桜を見上げながらおにぎりを食べた。

はじめての道、はじめての場所。

摩耶《まや》駅からＪＲに乗るのもはじめて。

元町に出て、お昼過ぎくらいに神戸電鉄に乗った。

新開地をぬけてしばらくすると、山のなかを走る。

窓のすぐ外には、触れそうな緑。

木漏れ陽が窓の形に通路に映り、流れていく。

ちらちらちらちら。

電車は空いていて、ほとんどの人がマスクをしたまま目をつぶっていた。

上を向いて寝ている人もいる。

眩しいのと眠たいのとで、私もとちゅうから目を開けていられなくなった。

桜の木の桃色が見えると、目を開ける。

見事な満開。

線路の両側に咲いているところは、桜のトンネルのよう。

post card

料金受取人払郵便

浅草局承認

7119

差出有効期間
2025年
12月31日まで

111-8790

051

東京都台東区蔵前2-14-14 2F 中央出版
アノニマ・スタジオ
帰ってきた **日々ごはん⑮** 係

本書に対するご感想、高山なおみさんへのメッセージなどをお書きください。

このはがきのコメントをホームページ、広告などに使用しても　可　・　不可　（お名前は掲載しません）

帰ってきた 日々ごはん⑮

240126

この度は、弊社の書籍をご購入いただき、誠にありがとうございます。今後の参考にさせていただきますので、下記の質問にお答えくださいますようお願いいたします。

Q/1. 本書の発売をどのようにお知りになりましたか？
□書店で見つけて　□Web,SNSで（サイト名　　）
□高山さんのHP『ふくう食堂』　□その他（　　）

Q/2. 本書をお買い上げいただいたのはいつですか？　年　月　日頃

Q/3. 本書をお買い求めになった店名とコーナーを教えてください。
店名　　コーナー

Q/4. この本をお買い求めになった理由は？
□著者にひかれて　□タイトル・テーマにひかれて
□装画・デザインにひかれて　□『日々ごはん』『帰ってきた 日々ごはん』シリーズが好き
□その他（　　）

Q/5. 『日々ごはん』シリーズをお読みになっていましたか？
□はい　□いいえ
お読みになった『帰ってきた 日々ごはん』シリーズの巻数を教えてください。
（　　）

Q/6. 暮らしのなかで気になっている事柄やテーマを教えてください。

Q/7. ジャンル問わず、好きな作家を教えてください。

Q/8. あなたの「得意料理」を教えてください。

Q/9. 高山さんの著作のなかで好きな本を教えてください（エッセイ・料理・絵本問わず）。

お名前

ご住所 〒　－　　ご年齢　　ご職業

e-mail

今後アノニマ・スタジオからの新刊、イベントなどのご案内をお送りしてもよろしいでしょうか？ □可 □不可

ありがとうございました

駅に着いて、中野さんとまず肉屋へ行った。
合いびき肉を八百グラム。今日は、ハンバーグを作るのだ。
亜衣ちゃんのレシピをお手本にして、肉厚でジューシーなのを焼く予定。
家に着くと、チキチキチュクチュク、盛んにさえずっている声が聞こえる。
中野さんが言っていた通り、勝手口の軒下の巣に、ツバメのつがいが戻ってきていた。
一羽が巣に入ると、交代でもう一羽がシュッと飛び立ち、近くの電線で見張っている。
交代のときに、ペチャクチャとやる。
中「ほら、お喋りしてるでしょ？」
私「ほんと、去年巣立った若いツバメが、戻ってきているのかな」
中「そうだと思います。多分、相手をみつけて」
私「ここからだとよく見える。のどのところ、ほんとにあんなに赤いんですね」
中「僕は、鳴いているのがどっちのツバメの声なのか、分かるようになりました」
冷蔵庫に何があるかを確認し、また車に乗ってスーパーへ。
軽く買い物し、アイスコーヒーを立ったまま駐車場で飲んだ。
太い飛行機雲が三本、空の向こうまで交叉して伸びている。
風が気持ちいい。

この間来たのはクリスマスだったから、あちこち緑だらけ。すっかり春になった。

春というよりも、夏のはじめみたい。

お父さんたちの仕事場にも、アイスコーヒーを持っていく。

スーパーから戻ってきたら、お姉さん、ユウトク君、ソウリン君がちょうど帰ってきた。

友だちのコウタ君の家に行ったり、牧場に行ったりしたのだそう。

牧場では生クリームを作ったのだそう。

今日は、コウタ君も泊まることになった。

子どもたちがツクシをつんできたので、居間に新聞紙を敷いて、みんなでハカマ取り。

私はとちゅうで折れてしまったりするのだけど、子どもらは指先をとがらせ、とても上手に取る。

ハカマを取ったものから、きれいに揃えて並べてある。

そのあとでユウトク君、コウタ君がガス台の前に並び、それぞれツクシ炒めを作った。

味つけは、バター醤油。歯ごたえも味も違って、どちらもとてもおいしい。

私は夜ごはんの支度。

ハンバーグはなんと、九人分!

玉ねぎもサラダのゴボウも、お姉さんがみんな切ってくれた。

生ワカメ＆メカブ

ハンバーグは、フライパンで表面だけ焼き、天板に並べてオーブンでいちどに焼き上げることにした。

赤ワインとケチャップ、ソース入りのトマトソースも作り、ふっくらと焼き上げたものを軽くからめる予定。

ハンバーグをオーブンに入れている間、夕陽を見にいった。

子どもたちと中野さんと五人で、裏のレンゲ畑へ。すでにもう、半分以上隠れてしまっていたけれど。

ここらは高い山がなく、ほとんど平地だから、ずっと遠くの丘のようなところに沈む。

明日もまた見たい。

ハンバーグは生焼けにならないよう気にし過ぎて、ちょっと焼き過ぎたけれど、レストランのみたいになった。

夜ごはんは、生ワカメ（お刺し身みたいにワサビ醬油で）＆メカブ（ごま油とワサビ醬油、ポン酢醬油）、ツクシのバター醬油炒め二種（ソウリン君とコウタ君作）、高塔山のツクシの佃煮（北九州の朱実ちゃんたちが送ってくれた。酒と醬油で軽く味つけしたのだそう）、新ゴボウのサラダ（すりごま、ごまドレッシング、マヨネーズ）、レストラン風肉厚ハンバーグ（ゆでブロッコリー添え）、ご飯。

生ワカメとメカブは、朱実ちゃんと樹君が海で採って、すぐ食べられるようにしたのを送ってくれた。

ワカメもメカブもツクシも、春の味。どれも、粋な呑み屋さんで出てきそうな本格的な味がして、大人たちはみんな舌鼓を打っていた。

出てくる前の日に、冷凍パックでうちに届いたのだけど、持ってきてほんとによかった。

長テーブルにみんなで座り、賑やかに食べているとき、「なーみさん、何でおいしいとき、いちいちブルッてなるんや」と、ソウリン君につっこまれた。

それは私のクセ。

おいしい食べ物を飲み込むとき、一瞬だけ驚いて体が震え、背骨が伸びるのだ。

食後のお茶を飲んでいるときには、「なーみさん、泣いてるやろ」と言う。

「え、そう？　花粉症だからかな」と私が答えると、「赤ちゃんみたい。変や」と言う。

「なんで？」と聞いても、にやにやするばかりで教えてくれない。

中野さんはユウトク君、ソウリン君、コウタ君と四人でお風呂。

私はそのあとで入り、髪を乾かして九時半に寝た。

四月二日（金）晴れ

六時過ぎに起きた。

朝のコーヒーを飲みながら、中野さんの新作絵本の立体（『かしわばやしの夜』という絵本になって、二〇二三年に刊行されました）を見せてもらう。

部屋に並べたり、立てかけたりしてあったので。

なんだかものすごいことになっている。

少しは想像していたけれど、遥かにそれを超えている。

ゆうべはよく眠れなかった。

やりたいことを、いろいろ思いついてしまって。

ひとまず今朝は、水槽で育てているコケを、ユウトク君に見せてもらうことになっている。そのコケには、小さなキノコが一本生えているそう。

中野さんの部屋の棚にあるうさぎの木の人形が、きのうから、おじさんと姪にしか見えなくなった。

少し距離をおいて、腰掛けているうさぎ。

足をぶらぶらさせながら、ふたり並んで同じ景色を見ている。

朝ごはんを食べ、お父さん、お母さんは仕事。

お義兄さんも仕事。

残りのみんなでドライブ。

西脇の「へそ公園」と、ずっと行ってみたかった服屋さん「tamaki niime《タマキニイメ》」へ。

夜ごはんは、お寿司屋さんごっこ。

スーパーでお刺し身をいろいろみつくろい、すし飯はお姉さん作。

平目、真鯛、サーモン、イカそうめん、甘海老、海老、帆立、イクラ、カニカマ、卵焼き（お姉さん作）、豚肉の甘辛炒め（私作）。

コウタ君がお品書きの表を書いて、みんなの注文を聞き、中野さんとユウトク君が次々ににぎってくれた。

豚肉の甘辛炒めのにぎりが、思いのほかおいしかった。

豚もものしゃぶしゃぶ用肉を三等分に切り、片栗粉をふりかけて二枚ずつ重ね、白ごま油で焼きつけた。

肉が縮まないよう、弱火と中火の間でじりじりと。

九割くらい焼けたら、酒、みりん、きび砂糖、醤油を加えて強火で煮からめる。

あまり濃い味になり過ぎないように。

これを、にぎりの上にかぶせ、ワサビをちょんとのせる。

ふっくらやわらかでツヤもあり、穴子に負けないおいしさだった。

中野さんに教わりながら、私もいちどだけ握ってみた。

まず、手の平に酢水をつけ、パンパンとはたいて余計な水分を飛ばす。

すし飯は少なめに手に取り、いちどギュッと握ったら、次は軽く握ってもうおしまい。

すし飯を多くし過ぎないのと、握り過ぎないのがうまくいくコツみたい。

ユウトク君は、去年の夏にはこういうことができなかったような気がする。

ソウリン君も、自分が食べる分だけ握って（プラスチックの型で）お皿にのせ、もくもくと食べていた。

手先の器用さや、集中力や、自分を信じる力。

小さい人たちは、新しいことを次々と獲得し、大人たちがぼんやりしている間に、どんどん成長していっている。

お寿司を食べているとき、ユウトク君が不思議そうな顔で、「なおみさんは何で『平気だよ』って言うん？　どうして『大丈夫だよ』って言わんのやろ」と聞いてきた。

これも私のクセ。

私は子どものころから、「だ」という音が出にくかった。

「へ」だったらすっと出る。

今は吃音もほとんど治っているので、言おうと思えば出てくるのだけど、なんとなくクセになっている。

あと、静岡県の方言もあるかもしれない。

「ほんと！　その通りだ。みんな、大丈夫って言うよね」

私たちの会話を聞いていたお父さんが、『平気』いうのは、自分を軸にして言っているような感じやな。『大丈夫』は、もう少し広いんやろな」と言った。

そうか、ほんとだ。

「平気」は、なんだかわがままな感じがする。

私は恥ずかしくなった。

自分の都合だけで、言葉を使っていたことに。

これからは、「だ」が出にくいことがあっても、ちゃんと「大丈夫」と言うようにしよう。

四月三日（土）晴れ

ユウトク君と、なめたけを作った。

作りながら、おもしろい発見がいろいろあったので、彼が言ったことをみなメモした。

そして、中野さんが小学二、三年生のころに書いた作文が出てきて、お母さんが見せてくれた。

お父さんには絵を見せてもらった。

中野さんはやっぱり、子どものころから絵が上手い。

女の子が縦笛を吹いている絵。

笛を持っている手の向きとか、力の入り具合で節ばっている指とか。

絵が描ける人というのは、そのものの成り立ちを目で見て分かり、表すことができるんだな。

私が描くと、そのものに触れられない。描けば描くほど、ぼやけるばかり。

午後から、近所の池へサイクリングに行った。

ユウトク君が先頭、私、ソウリン君、中野さんの順で一列に走る。

「なおみさんの好きな道からいくで。ついてきてな」と、ユウトク君にやさしい声で言われた。

そこは畑に囲まれた、どこまでもまっすぐな道。

春の草花が咲き乱れている。

レンゲ、ムスカリ、カラスノエンドウ、タンポポ、ヒメオドリコソウ、オオイヌノフグリ、ペンペングサ、クローバー……。

池の広場（去年の夏に、自転車でぐるぐるまわったところ）は、桜が満開だった。

いつもは誰もいないのに、おじさんがふたり、本格的なカメラで写真を撮っていた。

池（水が干上がっていた）の向こう側に下り、ため池に向かって石投げをした。

驚いた亀が、あちこちで首を出す。

ユウトク君は、三段投げができるようになっていた。

中野さんは十段くらい飛ぶ。

私がちっともできないので、投げ方をユウトク君が教えてくれた。

夕方、夕陽が沈むまでレンゲ畑に四人並んで座り、私は缶チューハイ、中野さんは缶ビール。

なかなか沈まなくて、子どもたちはかけっこはじめたり、ソウリン君がヒメオドリコソウをとってきて、蜜を吸ったり。

そのときに中野さんが言ったんだった。

「ここはよく、ミツ（猫）と散歩にきていたところです。ほら、なおみさんの向こうのちようどその辺に、ころんと横になっていました」

それで、ようやく気がついた。レンゲ畑の左側には、柿の木がある。

絵本『ミツ』に描いてあったのと同じ木だ。

夕陽が沈む前、中野さんの顔はオレンジ色に照らされていた。

髪型も、絵本と同じ。

今日はミツの命日だから、ミツも一緒に見ていたかも。

夜ごはんは、ノブさんの手打ちうどん、オニオンリングフライ（「暮しの手帖」に載った私のレシピで）、南瓜の天ぷら、白菜の煮物。

手打ちうどんは、釜揚げとざるの二種類にした。

肌寒かったし、お父さんが少しやわらかめの方がいいようだったから。

薬味の大根おろしは、仕事帰りのお義兄さんがたっぷりおろしてくれた。

多めにゆでたのに、子どもたちもツルツルとよく食べ、「コシがあっていいわあ」「おいしいなあ」とみなそれぞれに言いながら、ほとんどなくなった。

そうだ、忘れないように書いておこう。

ソウリン君が言っていた「赤ちゃんみたい」というのは、私の話し方が静かだからなのだそう。

声が小さいし、一言二言だけで、長いセンテンスを話せないから。

四月七日（水）晴れ

六時半に起きた。

ゆうべはよく眠れなかった。

自分がどこにいるのか、まだ分かっていないような感じだった。

今、窓の外にはいろいろな若緑色がある。

若緑の葉は日に日に伸び、もう少しで枝が隠れそう。

海も青い。

なんとなしに肌寒いので、窓は開けてない。

ヒノキ花粉も、盛大に飛んでいるそうだし。

中野さんの家から帰ってきて、今日で何日目なんだろう。

私はここにいるけれど、心ここにあらず。

家族と一緒に過ごした日々が、あまりに楽しかったから。

それでもきのうは、生命保険会社の方に来ていただいて、振込先の変更の手続きをした。

あ、ツバメ！

六甲のツバメたちも帰ってきたんだ。

今日は、『帰ってきた 日々ごはん⑨』の再校正が届いた。

中国風鶏粥
キムチ

ありがたい宿題。

また明日から、とりかかろう。

夜ごはんは、中国風鶏粥（手羽先、大根、白菜）、キムチ。

四月十三日（火）
ぼんやりした晴れ、のち曇り

六時半に起きた。

ゆうべは少年が出てくる夢をみた。

中学生くらいの、すっとしたきれいな感じのする子だった。

その子は、私のことを前から知っている……みたいな夢。

目を覚ましたときには、細かいところまでちゃんと覚えていたのに、一度寝したら忘れてしまった。

残念！

カーテンを開けると、電線に水滴がついていた。

ゆうべは雨が降ったのだな。

地面も濡れている。

空が白い。

今朝の『古楽の楽しみ』は、バッハのコラール。

先週の日曜日は、夕方からつよしさんが遊びにきた。

まだ明るさの残る窓辺で、食べたり、呑んだり。

ひさしぶりにいろいろな話をした。

つよしさん、学校が忙しいようだけど、元気そうだった。

何を作ったんだっけ。

そら豆のまっ黒焼き（さやごと鉄のフライパンで）、そら豆のペコリーノチーズふりかけ（ゆでて薄皮を取ったそら豆になたね油と塩、黒こしょうをまぶし、上からチーズをおろした。食べはじめ、何かが足りないような気がして、なたね油と塩を追いがけしたら、いっぺんにおいしくなった）、連子鯛《れんこ》と海老のアクアパッツァ風（なたね油でにんにくを炒め、粉をまぶした連子鯛と海老をムニエルみたいにソテー。白ワイン、サフランピラフミックス、ミニトマト。仕上げにバターとディルをたっぷり加え、焼き汁を乳化させた）。

アクアパッツァなんて、そんな洒落たものではないけれど、連子鯛と海老の火の通り方がちょうどよく、とてもおいしかった。

最近、試しに買ってみた「サフランピラフミックス」は、鶏肉を焼くのにも、ターメリ

ック ご飯にも、サフランの風味がほんのりついて、なかなかいい感じ。

朝ごはんを食べていたら、晴れ間が出てきた。

ゆうべから常温発酵させていたパン生地は、今、ベッドの上で二次発酵中。

さ、今日も『帰ってきた 日々ごはん⑨』の再校正と、「おまけレシピ」を試作しながら書こう。

思い出した。

つよしさんはあの日、「海が、緑色ですね」と言った。

そのとき私は、青にしか見えなかったのだけど、ずっと見ていたら、だんだんだんだん緑色だというのが分かってきた。

つよしさんは、絵を描く人のいい目を持っている。

今朝の海は少し、黄土色がかっている。

二次発酵中のパンは、お昼にはふっくらと膨らんだ。

曇っているからちょっと心配だったけど、まったく大丈夫だった。

ずいぶん暖かくなったのだ。

夕方、ざ――っと音がして、雨が降ってきた。

窓を開けると、たまらなくいい匂いがする。

ひき肉と白菜のあんかけ丼
スナップエンドウの味噌汁

木と、緑が濡れた、精油のような匂い。

山の中にいるみたい。

夜ごはんは、ひき肉と白菜のあんかけ丼（柚子こしょう風味）、スナップエンドウの味噌汁。

夜になって霧。

四月十六日（金）
薄い晴れ、のち小雨

五時半に起きた。

ゆうべは、八時にはベッドの中だった。

クナイプのお風呂にゆっくりめに浸かったら、すっかり脱力してしまい、目を開けていられなかった。

ゆらゆらと眠り、いろんな夢をみた気がする。

雨も降っていたみたい。

朝ごはんの前に、聞いたことのない小鳥の声がした。

ピー、ピー、ピーと、ひときわ高い声でゆっくりと鳴く。

塩鯖
ひたし黒豆
ほうれん草のおひたし

ヒバリだろうか。

声のする方を探しても、どこにも見当たらない。

きのうは「コープさん」まで散歩して、リュックをしょって帰ってきた。

近ごろ、なだらかな坂道をみつけたので、帰りは遠まわりのコース。最後はいつもの急坂だけど。

サツキの蕾が、ずいぶん膨らんでいた。

濃いピンクも、桃色も、白も。

そっと触れると、ふかふかしていた。

風のない穏やかな日。さあ、心を鎮め、『帰ってきた 日々ごはん⑨』の再校正に向かおう。

「あとがき」も、いいところまできているような気がする。

日暮れ前、翳《かげ》りはじめたときの緑はしたたるよう。西陽が当たってぱーっと輝いたり、急に翳って、憂いを帯びたような色になる。

夜ごはんは、塩鯖、ひたし黒豆、ほうれん草のおひたし（ちりめんじゃこ、ポン酢醤油、ごま油）、自家製なめたけ、筍姫皮のきんぴら（赤唐辛子）、納豆（卵白）、煮豆（黒豆を薄甘く煮てみた）、ご飯。

夜になって小雨。

四月十八日（日）
晴れ、時々雨

六時に起きた。
このごろはいつも、同じくらいの時間に目が覚める。
そして、ぐっすり眠れる。
お通じもいい。
青汁を飲みはじめたからかな。
朝ごはんを食べ、二階の部屋だけ掃除機をかけた。
窓をいっぱいに開け、雑巾がけもひさしぶり。
軽く拭いただけなのに、雑巾が薄茶色になって驚く。
私はこのごろ、何をしていたんだろう。
床がきれいになったところで、衣替え。冬物と夏物を入れ替えた。
洋服ダンスの中も整理した。
風が渡る。

緑がそよぐ。
晴れていたかと思うと、急に翳ったりする。
窓辺に立ち、いつまでも外を見ていられる。
猫森の中から、小鳥が飛び出してきた。
つーーっと空を舞う。
ツバメだ！
海の上の空には、灰色の雲がある。
細かく波立っているように見える。
あそこだけ、雨が降っているのかも。
さ、『帰ってきた日々ごはん⑨』の続きの校正をやってしまおう。
「あとがき」の仕上げも。
あとひと月分を残すところまで校正をやって、散歩に出た。
山に向かって、遠くの方の坂を上った。
遠くの山々は、いろいろな緑がむくむくしている。
白いところは、花が咲いているんだろうか。
山桜の薄いピンクもある。

小雨が降ってきたけれど、気にせずに歩く。

あれよあれよと強くなってきたので、駆け足で帰り着く。

しばらくしたらまた晴れてきた。

あ、海が緑色だ！

そのあとで、ざーーっと音を立ててお天気雨が降り、大きな虹も出た。

夜ごはんは、寄せ集めグラタン（ホタルイカとちりめんじゃこのオイル漬け、お麩、新玉ねぎ、ほうれん草、ひたし黒豆、ゆで卵、ホワイトソース、チーズ）。

四月二十日（火）晴れ

風がさわさわ。

緑はもうすっかり伸びて、気持ちよさそうに揺れている。

三宮の眼鏡屋さんで作ってもらった、新しい眼鏡（パソコン用）がとても調子いい。

「近々両用」というのだそう。パソコンと本の文字が、両方ともよく見える。

ブルーライトカットも、レンズ自体に混ざっているんだそう。

私は文章書きに夢中になると、首が前に出てくる。

書いていると、頭だけの人になってしまうみたい。

しかも、足を組むクセがあるので、腰にも相当悪いことをしている。夢中になり過ぎると、痛みに気づかず、立ち上がるときにアイタタタとなるのだ。なので、椅子の高さも調節した。背もたれに体を預け、両足を床に着けたまま、画面をまっすぐ見られるように。今日は、三時から今日子ちゃんがうちに来て、エクセルの表計算ソフトについて教えてくれる。

夕方にはヒロミさんもいらして、三人でごはん会だ。

メニューは、菊菜と香菜のおひたし（自家製味噌マヨネーズ）、浸し黒豆、新ゴボウと人参のサラダ（すりごま、練り辛子、フレンチマスタード、玉ねぎドレッシング、マヨネーズ）、ちらし寿司（ごま、ちりめんじゃこ、カンピョウと干し椎茸の甘煮、おから煮、蕪の甘酢漬け、サーモンと帆立のヅケ、焼き穴子の含め煮、清美オレンジ、青じそ、いり卵）の予定。

きのうのうちに、湊川の市場で焼き穴子とお刺し身を買っておいた。

おからも作ったし、カンピョウも煮てある。

サーモンのお刺し身はヅケにした。

清美オレンジも、房から出してある。

菊菜と香菜のおひたし
浸し黒豆
ちらし寿司

ちらし寿司は、「天然生活」の撮影の日に作ったものに、できるだけ近づけるつもり。

感謝の気持ちを込め、ふたりに食べていただこう。

四月二十一日（水）晴れ

きのうは楽しかったな。

パソコン教室の前に、料理の支度をしながらお喋りしていたのだけど、今日子ちゃんが郵便屋さんの真似をして、その人はうちにもよく来てくださる集荷の方だったので、涙が出るほど笑った。

声の出し方やちょっとした目つき、体の動かし方。

今日子ちゃんのものの真似は絶品！

ああ、今思い出しても笑けてくる。

エクセルの表計算ソフトは、今日子ちゃんが完璧なものを自分のパソコンで作って、私のパソコンに入れてくれた。

あとは私が、日づけに沿って、数字を打ち込んでゆきさえすれば、正確な数字が加算されていく。

仕事机にふたりで並んでいるとき、パソコン画面の明るさがマックスになっていることも分かった。

今日子ちゃんのはかなり暗め、でないと目が痛くなるのだそう。

目が疲れるなあと感じていたのは、そのせいもあったのだな。

すぐに私も真似をしてみた。

だから今は、とてもいい感じ。書き物仕事を早くしたくなる。

今日は三時半から、神戸新聞連載の新しい担当の方がご挨拶にきてくださる。

それまでのぽかんと空いた時間、さて、何をしようか。

小さな穴が開いてしまったカーディガンを、繕おう。

窓辺でちくちく。緑を見ながら。

穴を花芯に見立て、花のような、雪の結晶のような形をチェーンステッチで刺し、飾ってみた。

今日子ちゃんのメールによると、下は夏並みに暑いのだそう。

ここは山が近いから、ちょっと肌寒いくらい。

首がスースーするので、ストールを巻いている。

伊那の島るり子さんが、私の分までアスパラを送ってくださったので、あとで「MORIS」にいただきにいく予定。

黒豆の炊き込みご飯のおにぎり
（いつぞやの）
アスパラのセイロ蒸し

夜ごはんは、黒豆の炊き込みご飯のおにぎり（いつぞやのをセイロで温めた）、アスパラのセイロ蒸し（味噌マヨネーズ）、アスパラ焼いただけ、おから煮、浸し黒豆。

明日から、三泊四日で中野さんの家に行くことになった。

夜、電話で話しているうちに急に決まった。

まだ、詳しいことは書けないのだけれど、私の絵本のための取材をするのが大きな目的。

四月二十七日（火）
ぼんやりした晴れ

六時に起きた。

もうとっくに陽が昇っているのを知りながら、寝ていた。

中野さんの家でも、六時とか、六時半に起きていた。

朝ごはんを食べ、車で遠出するときは午前中に出かけた。

お昼前には戻ってきて、仕事場から抜けてくるお父さん、お母さんとみんなで昼食。

午後も外に出て、めいっぱい遊び（サイクリングなど）、私はお姉さんと夕飯の支度をしながら、ユウトク君、ソウリン君、中野さんとクローバー畑（レンゲはもう枯れていた）で夕陽を見て、夜ごはんを食べたら、お風呂。

そして、もう寝る。

毎日がとても長く感じたのは、子どもたちと一緒にいたからかな。

とくに午前中がたっぷりあって、「まだ八時？　まだ九時半？」という具合だった。

なんだか、いつもの十倍くらい生きている感じがした。

洗濯物を干すお母さんを手伝ったり、お姉さんとお喋りしながらごはんの支度をして、
それをみんなでわいわい食べたり。

ユウトク君と作文の宿題をやったり、散歩したり、自転車に乗ったり。

私はひとりでいると、文ばかり書いているから、頭の中だけで生を完結してしまいそうになる。

家族と一緒にいると、思いもよらない何かがいつも起こる。

とくに子どもたち。

言うことなすこと驚きで、おもしろくてたまらない。

そんな三泊四日だった。

絵本についての取材もできた。

日記を書くつもりではなかったので、何を食べたかくらいしか記録しなかったのだけど
……どうしてもという発見だけ、メモをとっていた。

それを、書き出してみることにします。

四月二十二日

お昼ごはん。明太子スパゲティ、ハムを焼いたの、おにぎり（ここまですべてお姉さん作）、アスパラのフライパン焼き（私作）。

ユウトク君は、スパゲティを口から何本もすだれのように垂らしながら、ふつうに食べる。海苔をまぶしたスパゲティなので、とてもおかしい。でも、私は笑わない。

午後、お宮さんでドッジボール。

大人（お義兄さん、中野さん、私）も子どもも、真剣に。

私は小学生のころ、ドッジボールの球が飛んでくるのが怖くて苦手だったのだけど、もう怖くなくなっていた。

夕飯の支度があるので、私はとちゅうで切り上げた。

ごはんができても、みんなは暗くなるまでやっていた。

朝ごはんが終わったときだったかな、「月曜日にな、絵本を描くで。透明なところに」。

白いところではなく、「透明なところ」と、ユウトク君は言った。

(ユウトク君は、私があげた束見本に絵と言葉を描いている。絵だけのページもある。ちゃんと物語になっている)

私も明日、自分の絵本の取材をするとき、頭を透明にしてやろう。

これからも、どんなことも。

仕事でないことも、頭も体も透明にしてやろう。

夜、寝る前に、ツバメの巣に親鳥の頭が見えた。

卵を温めているんだ。

四月二十三日

子どもたちは、学校と幼稚園。

午前中に中野さんとドライブ。

「道の駅」で苺(ジャム用)、クレソン、ルッコラ、絹さや、スナップエンドウ、ワケギ(白くて丸い根っこつき)、ビーツ、ソーセージ、巻き寿司などを買う。

十二時を過ぎてしまい、帰ると、もうお昼ごはんが支度してあった。

そぼろご飯（お姉さんが私のレシピで作ってくれた）、明太子スパゲティ（きのうの残り）、巻き寿司。

午後に、倉庫の奥を探検。

中野さんのおじいさん（ソロバン職人だった）が手で作った、たくさんの木の道具。

カンナや、板をまっすぐに切るための道具など。古い板の数々、たくさんの作りかけ。

緑の空き地（前は、おじいさんの畑があったそう）まで散歩。

柿の木の根もとに、ミツが眠っている。

朽ちかけた掘建て小屋、雨ざらしの椅子。

中野さんのおじいさん、おばあさん、ミツを近くに感じる。

見えないけど、見える。

お姉さんは子どもたちとプールなので、夜ごはんの支度は私がする。

アスパラのだし浸し、ワケギのぬた（辛子酢味噌）、キノコご飯（お姉さんが昼間のうちに支度しておいたのを、私が炊いた）、ソーセージと絹さや炒め（中野さん作、ほんのりウスターソース味）、豆腐汁。

ボルシチ
サラダ
トースト

今日は、神戸新聞の連載「毎日のことこと」の仕上げをし、午後にはお送りすることができた。

さ、使い切れなかったビーツ（「道の駅」で買ったもの）をゆで、ボルシチを作ろう。

夜ごはんは、ボルシチ（カレー用牛肉、蕪、人参、新玉ねぎ、キャベツ、ビーツ）、サラダ（キャベツ、胡瓜、ミニトマト、コーン）、トースト。

明日は『日めくりだより』のインタビューで、塩屋にある濱田さんのアトリエに行く。

宮下さん、鈴木さん、この間裏山に一緒に上ったカメラマンの女の子（わたなべよしこさん）と駅で待ち合わせだ。

小さな旅のようで、楽しみ。

天気予報によると雨みたいだけれど、少しでも晴れるといいな。

風呂上がり、東の空の低いところに、桃色の大きな満月。

＊4月のおまけレシピ

連子鯛と海老のアクアパッツァ風

連子鯛（三枚におろした切り身）1枚　無頭大正海老7尾（120g）
にんにく1片　ミニトマト5個　ディル1枝　オリーブオイル大さじ2
白ワイン大さじ3　バター10g　サフランピラフミックス小さじ1/4
その他調味料（2人分）

サフランピラフミックスは、サフランがほんのり香るスパイス。オニオンパウダーやクチナシの色素も入っているようです。本物のサフランとはもちろん味も香りも異なるけれど、手ごろなお値段なので、気軽に使えるのがいいところ。カレーパウダーとサフランピラフミックスをヨーグルトに混ぜてマリネする、タンドリーチキンもおいしかったです。連子鯛は神戸に来てから知った鯛の仲間。なければ真鯛やタラなど、手に入りやすい白身魚の切り身を使ってください。

にんにくは芯を取りのぞいて5mm厚さに、ミニトマトはへたを取って半分に切ります。連子鯛は4等分のそぎ切りにし、身の方に塩、粗びき黒こしょうを軽くふって薄力粉をまぶします。海老はカラをむき、背中に浅く切れ目を入れ、塩水の中でふり洗いして背わたを取りのぞきます。ザルに上げ、ペーパータオルでしっかり水気を取っておいてください。
小さめのフライパンにオリーブオイルとにんにくを入れて弱火で炒め、香りが立ったら連子鯛を身の方から並べて焼きます。海老も加え、オイルをからませるようにしながらじくじくと焼きつけます。連子鯛は皮目も焼いて、七分通り火が通ったら、サフランピラフミックスをふりかけ、ワインを注いでからめます。ミニトマトとバターを加えてスプーンなどで混ぜ、軽くとろみがついたら、粗びき黒こしょうをふり混ぜます。仕上げに刻んだディルと塩をふりかけ、フライパンごと食卓へ。焼き汁もおいしいので、パンに浸して残さずにどうぞ。

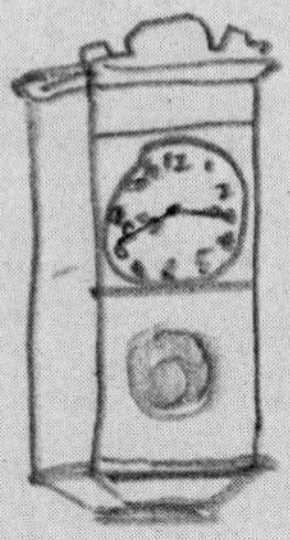

2021年5月

きのうの雨で、透明になった空気。

五月一日（土）
晴れのち雨

今日から五月。

五時半に起きるも、太陽はもう昇ったあとだった。

朝のうちはぼんやり晴れ間が出ていたのだけど、だんだん雲が集まってきて、雨。午後には雷も鳴った。

ラジオの天気予報で、「荒れ模様になります」と言っていた通りだ。

新しい絵本のことをしたり、『帰ってきた 日々ごはん⑨』のアルバムまわりのことをしたり。

どちらもこの連休中に終わらせればいいので、グリンピースのさやをむいたり、薄皮をはがしたさやと油揚げを薄甘く煮て、卵とじを作ったりしながら、のんびりと。

夕方、雨上がりに窓を開けた。

新茶みたいな匂いがした。

とってもいい匂い。

猫森の木立が、風に揺れている。

盛んに葉を翻《ひるがえ》し、裏の色を見せている。

混ぜこぜチャーハン（筍ご飯の残りで）
蕪の味噌汁

いろいろな色の緑。

たまらなくきれい。

小鳥たちも、澄んだ声でさえずっている。

みずみずしい夕方だなあ。

きのうは、住吉駅からてくてく歩いて、年金事務所に行った。

帰りは六甲ライナーに乗って、六甲道にある区役所で届け出をした。

少しずつだけど、スイセイからの自立の道を進んでいる。

きのう、朝ドラ『おちょやん』の千代が、「また、いちから出直しや」と言っていたけれど、私も同じ気持ち。

夜ごはんは、混ぜこぜチャーハン（筍ご飯の残りで。ソーセージ、ちりめんじゃこ、グリンピース、ひじき煮、香菜、ねぎ）、蕪の味噌汁。

五月二日（日）
晴れたり曇ったり、一時雨

五時半に起きた。

ベッドの端に立ってのぞくと、太陽は昇ったばかり。

まだけっこう大きくて、オレンジがかっている。

明け方に、絵本のいい考えが浮かんできた。

なので、忘れないうちにベッドの下の床で、コンテを書いてみた。

うーん、どうだろう。

お風呂の中でも考えていた。

今日も風が強い。

かけ布団を干そうと思ったのだけど、飛んでいきそうなのでやめにした。

猫森が大きく揺れている。

雲間から太陽が顔を出すたびに、緑がパーッと光る。

そしてまた翳る。の、繰り返し。

ゴーゴーと風が鳴る。

緑の嵐だ。

『みどりのあらし』は〝こんな子きらいかな?〟シリーズの一冊に入れていただいたのだけど、私はいじめについて描《えが》こうとしたのではない。

何かを強く信じている男の子たちのお話を書いていたら、自然とそうなった。

さあ、洗濯、洗濯。

このところ私は、寝る前に『ゲド戦記』を読んでいる。

引っ越しのたびに手放してしまったので、最後の一巻しかないのだけど。

『帰還』は、はじめて読んだみたいにおもしろかった。

今の自分が、読みたがっていた本だった。

最終巻の『アースシーの風』は、おとついから読みはじめた。

先々週の土曜日だっただろうか、たまたまテレビをつけたら、『ゲド戦記』を翻訳された清水真砂子さんが出ていた。

二十歳のころの私は、『ゲド戦記』シリーズに夢中だったので、清水さんは憧れの人だった。どんな方なんだろうとずっと思っていた。

清水さんの言葉はなめらかで、声も心地いい。

学生時代の清水さんは、いつもひとりでいて、女の子たちがするふつうのお喋りの輪に入っていけなかったのだそう。

分かりやすく、とてもいいことをおっしゃるので、私はどんどんメモをとっていった。

「絵本というと、『心がやさしくなるよいものだから、読み聞かせをすると、子どもたちのためにいい』などというふうに言われがちだけれど、私は、どうなのかしら?と思うのです」

新ゴボウと牛コマの炒り煮
肉野菜炒め

「世界は、いいことばかりではない」

「自分のなかにも、恐ろしいものがあるかもしれない。あって、いいんだと思う」

「よい物語というのは、読者が体を通して、その物語を生き切れるかどうかだと思うんです」

「物語の最後は、ゲドが、自分のなかにある悪をしっかりと抱きしめて、終わる」

「『帰還』では、ゲドは魔法使いとしての力をすべてなくし、名前のない者となった。ゲドは、無名を勝ち取った」

「類のなかに、類のひとつとして入っていくこと。自分が小さく弱くなると、まわりのいろいろなものがよく見えてくる」

「無名を勝ち取った」という言葉に、私はとても惹かれた。

『アースシーの風』を読み終えたら、もういちど『帰還』をはじめから読もう。

　夜ごはんは、新ゴボウと牛コマの炒り煮、肉野菜炒め（豚肉、生きくらげ、しろ菜、ニラ、ミニトマト）、ご飯はなし。

五月五日（水）雨

五時に目覚めるも、ゆらゆらと眠りに落ちるの繰り返し。

焼き餃子（冷凍しておいた）
野菜いろいろかき卵スープ

六時になったのでラジオをつけ、また落ちる。

とても静か。

雨が降っているみたい。

そのうちまたぐっすり眠ってしまい、夢もみて、ようやく起きてカーテンを開けた。

もう七時半だ。

体の奥から、眠りの液がしたたり落ちてくるみたいだった。

連休中の宿題を同時にみっつくらい進めていたのが、きのうで終わったから、ほっとしたんだな。

さ、今日は何をしよう。

少し怠けていた現金出納帳をつけよう。

窓の外は白。

若緑が霧に透けている。

ゆうべのうちから発酵させておいたパン生地を、今はベッドの上で二次発酵中。

午後から、窓辺でお裁縫。

今は、白い生地で夏のワンピースを縫っている。

夜ごはんは、焼き餃子（いつぞやに冷凍しておいた）、野菜いろいろかき卵スープ（この間の肉野菜炒めに、白菜、ニラ、しろ菜を加えた)、ご飯。

風呂上がりは霧でまっ白。

窓を開けると、雲のなかにいるよう。

夜景がまったく見えないのは、ひさしぶり。

雨が降っているのかどうかも分からない。

霧に包まれていると、音がこもって耳が遠くなる。

なんだか安心する。

五月六日(木) 晴れ

五時半に起きて、窓を開けた。

隣の建物の、屋根の上から陽の出。

もう、緑が光っている。

夏山の朝の匂いがする。

夏休みのラジオ体操の匂いというよりも、ハワイ島みたいな、ちょっと甘い香りも混ざっている。

懐かしいな、ハワイ島。

白い三日月が空にある。

なかなか消えていかない。

今日は、午前中に家を出て「ユザワヤ」へ行こうと思う。

なので、てきぱき動く。

あちこち掃除機をかけ、送るものをお送りし（ゲラの修正など）、けっきょく十二時の鐘が鳴ってから出た。

お昼ごはんも食べずに。

坂道のサツキは茶色くなって、もうおしまい。

三宮は、いつもと同じくらいの人出。

アイロンが壊れてしまったので、電気屋さんにも寄りたかったのだけど、定休日だった。

阪急電車は、往きも帰りも空いていた。

帰りの電車で、ボケッとしてひと駅乗り過ごし、「御影」まで行ってしまう。

せっかくなので、わざわざ駅の外に出て、ぐるっとひとまわり。

何の目的もなく、ただ歩くのって変な感じ。

ぶじ六甲に帰ってきて「ＭＯＲＩＳ」に寄り、今日子ちゃんが作ったルバーブ・ジャム（銀のティースプーンにのせてあった）とクッキーをごちそうになる。

ささ身カツ（スーパーの）
新ゴボウと人参のサラダ
筍ご飯（冷凍しておいた）

嬉しいお茶の時間。

窓の緑が光って、夏みたいだった。

今日子ちゃんもヒロミさんも、このごろよく歩いているのだそう。

今、神戸大学には白い花が咲いていて、とてもいい香りなんだって。

そんな話をしているうちに私も歩きたくなり、神戸大学の中を通って、せっせと坂を上り、汗をかいて帰ってきた。

シャワーを浴びて、窓辺で南風荘ビールと柿ピー。

夜ごはんは、ささ身カツ（スーパーの）、新ゴボウと人参のサラダ、蕪の鍋蒸し、筍ご飯（冷凍しておいたのをセイロで温めた）、味噌汁（豆腐、ニラ）。

五月九日（日）晴れ

朝から、『帰ってきた 日々ごはん⑨』の最後の確認。

ぎゅっと集中してやった。

お昼前には終わり、ファクスをお送りした。

さて、「気ぬけごはん」の続きをやろう。

金曜日から書きはじめ、いいところまできているので。

晴れているのだけど、空気がクリーム色っぽい。

たぶん黄砂が舞っているんだと思う。

風も強いな。

さ、もうひとがんばりだ。

『アースシーの風』はおとつい読み終わり、ゆうべからまた『帰還』を読みはじめた。

だからか、毎晩知らない世界を冒険しているような夢ばかりみる。

いちどは、母も出てきた。

『アースシーの風』の最後の章で、テハヌー（幼いころ実の親からひどい目に遭わされ、顔と手に大やけどを負った娘。別名テナー）が言った言葉が忘れられない。

何か、とても大切なことが書かれているような気がして、ずっと考えている。


「あたし、思うんだけど、」テハヌーが口を開いた。ふだんとちがう、やわらかな声だった。「死んだら、あたし、あたしを生かしてきてくれた息を吐《は》いてもどすことができるんじゃないかなあ。しなかったことも、みんなこの世にお返しできるんじゃないかって気がする。なりえたかもしれないのに、実際にはなれなかったもの、選べるのに選ばなかったものもね。それから、なくしたり、使ってしまったり、無駄《むだ》にした

白っぽい肉じゃが
ひじき煮の白和え
小松菜と油揚げの煮浸し

ものも、みんなこの世界にもどせるんじゃないかなあ、まだ生きている途中《とちゅう》の生命《いのち》に。それが、生きてきた生命を、愛してきた愛を、してきた息を与《あた》えてくれたこの世界へのせめてものお礼だって気がする。」


三時には「気ぬけごはん」が書けた。

しめ切りは明日だから、ひと晩ねかせよう。

あちこち掃除機をかけ、すっきりしたところでお裁縫の続き。

緑はもう、もっさもさ。

夜ごはんは、白っぽい肉じゃが（新じゃが、新玉ねぎ、牛コマ切れ肉）、ひじき煮の白和え、小松菜と油揚げの煮浸し、蕪の梅和え、味噌汁（麸、ワカメ）、ご飯。

肉じゃがをだし汁、酒、みりん、きび砂糖、薄口醤油、塩で白っぽく、薄味に煮てみたらとてもおいしくできた。

小粒の新じゃがは、ほどよくねっとりとしておいしいな。

五月十二日（水）
曇りのち雨

七時に起きた。

ゆうべもまた、冒険チックな夢をみた気がする。

冒険というか、知らない世界に自分がいる夢。

知らないといっても、ふつうの日常のなかの知らない世界。

細かいことは忘れてしまったけれど、私はそこで、何か新しいことにぶつかるたびに、慣れるようにと自分に課し、どきどきしながら暮らしていた。

これって、神戸に来たばかりのころにもそんなだったな。

もうじき引っ越しの記念日だから、そんな夢をみたんだろうか。

洗濯物を干しているとき、ウグイスの声がした。

「ホーホケキョ！　ヒヨロロロロロ」

響きが熟練されている。

風が吹いて、猫森の緑が揺れている。

曇り空。

雨が近づいているような気がする。

『帰ってきた日々ごはん⑨』のいろいろな確認は、朝のうちにすべて終わった。

今日は、もう何もしなくていい日。

窓辺でワンピースの続きを縫おう。

黒豆をゆでながら。

そうだ。

きのうの夜ごはんは、少し肌寒かったので、この間の、白っぽい肉じゃがをとっておいたものでスープを作った。

まず、煮込み用の鍋で新玉ねぎと白菜を米油とバターで炒め、そこに小麦粉を少し加え、軽く炒め合わせてから肉じゃがを加えた。

多めの水と固形スープの素ちょっと、ローリエ一枚を加えて。

ふだんならソーセージを加えるところだけれど、冷凍しておいた生タラがあったので、凍ったまま一切れ上にのせ、煮ていった。

とちゅうでサフランピラフミックスをちょっと、オレガノ、バジルも加えた。

できあがりは、肉じゃががベースだったとはとても思えない洋風さ。

新じゃが、新玉ねぎ、タラ、スパイスのおかげで、アイリッシュ・シチューみたいになった。

とろみがほどよくて、コクもあって。

いつか、「気ぬけごはん」に書けるだろうか。

作っているうちに、なんとなく「〇〇風」に近づいていることに気づいたら、そっちの方向に向かうよう、もうちょっとだけ何かを加える。

そこからは独り立ちするので、あとはまかせておけば、そちらに歩いていってくれる食材たちの音楽。ちょっと大げさに言うと、そんな感じ。

こういうのをレシピとして伝えるのはむずかしいけれど、気ぬけの精神でやってみるといいかもしれない。

あ、降ってきた。

それからはずーーっと、しとしと雨。

ときおり風に揺れながら、雨に身をまかせ、濡れている緑。

気持ちよさそう。

夜ごはんは、酒粕味噌漬け豚肉の野菜炒め（新玉ねぎ、ピーマン）、白菜の塩もみ梅和え、浸し黒豆（ゆで汁に醤油&だし昆布でカンタンに）、大根の味噌汁、おにぎり（ちりめんじゃこ、ごま、山椒の葉を炒ったふりかけ）。

カレー
レタスと青じそのサラダ

五月十三日（木）晴れ

ひさしぶりの快晴。
きのうの雨で、透明になった空気。
緑がぴかぴかしている。
きらきらではなく、ぴかぴか。厚みを帯びた光。
風が強く、木々が揺れる。
すると、光も揺れる。
朝ごはんのヨーグルトを食べながら、見とれてしまう。
空はまっ青、雲もまっ白。
明日からまた雨模様だそうなので、今日のうちに出かけようかな。
あちこち掃除機をかけていたら、汗が出てきた。
今日はこれまででいちばん暑いかも。
坂を下りるとき、あちこちがくっきりし、ずいぶん遠くの緑まで見えた。
本当に、よほど空気が澄んでいるんだ。
まず銀行、そして美容院へ。
区役所に寄り、六甲道からバスに乗って阪神御影へ。

日傘を買いに。

四時過ぎに帰り着き、早めの夜ごはん（お昼ぬきだったので）。カレー（アイリッシュ・シチューもどきのスープに、カレールウを加えた）、レタスと青じそのサラダ（モズク、黒豆）。

五月十七日（月）雨

七時に起きた。

ぐっすり眠って、夢もいろいろなのをみた。

トイレに起きても、また続きをみられた。

なんか、長編大作のようなへんな夢だったな。

金曜日から、中野さんが車で来ていた。

天気予報では梅雨入りするかもしれないと言っていたけれど、最初の二日間はよく晴れて、緑がきれいだった。

何をしていたんだっけ。

ほとんど家にいて、私はワンピースの続きを縫っていた。

中野さんは、一枚絵を描いた。

いちど、マスタードを買いに、チーズ屋さんまでドライブもした。

夕方になると窓辺でビールを呑みはじめ、暗くなるまでの時間、お喋りをして過ごした。

ふたりとも仕事の中休み。ずいぶん日が長くなったから、サマータイムみたいな夕方だった。

中野さんはきのう、早めのお昼ごはんを食べて帰っていった。

天気図の雨の隙間をくぐるようにして。

今朝は、霧で窓がまっ白。

もう、いつ梅雨に入ってもおかしくない。

そして今日は、私の引っ越し記念日。

神戸に来てから五年が経った。

だからというわけではないけれど、たまたま今日、年金事務所の相談会を予約しておいた。

二時からなので、少し早めに出かけよう。

雨の日の六甲ライナーはどんなだろう。

せっかく住吉まで行くんだから、図書館へも寄ろう。

暗くなる前に帰ってきた。

穴子飯弁当（「コープさん」の）
ターツァイのにんにく炒め

霧のなかを通って坂を下りるのは、はじめてだった。

六甲ライナーは、いつものようにいちばん後ろに座ったのだけど、山が裾野の方まですっかり霧に包まれ、海もぼんやり霞んでいた。

相談会が終わり、雨上がりの道を住吉川沿いに歩いて図書館へ。

図書館は休館日だったけれど、ざぶざぶどーどーと勢いよく流れる川沿いを、ずんずん歩くのは爽快だったな。

住吉からＪＲに乗って、摂津本山へ。

「コープさん」で軽く買い物し、岡本から六甲へ。

なんだか小さな旅のようだった。

夜ごはんは、穴子飯弁当（「コープさん」の）、サラダ（レタス、青じそ、香菜、ミニトマト、豆腐、モズク酢、ポン酢醤油）、ターツァイのにんにく炒め、味噌汁（浅蜊、大根）。

お弁当の穴子がふわっふわで、たまらなくおいしかった。

どうやったらこんなのが作れるんだろう。

五月二十一日（金）雨

ゆうべは、窓に打ちつける雨の音がした。

風もめっぽう強く、嵐のようだった。

私が眠っているこの建物ごと、荒海に放り出され、波にもまれて航海しているみたいだった。

三時ごろだったかな、肌寒いので毛布をもう一枚出した。

中野さんが帰ってから、いきなり梅雨がやってきて、仕事の電話やメールも急に増えた。

世の中はぐるぐる動き、山の方にいる私のところにまで、その波が連なってやってきているみたい。

書き物や、書類の確認やら、なんだかんだとやることがあり、気づけばもう金曜日。

今朝は霧。

雨も風もあるけれど、静かな日。

「毎日のことこと」の三話目を書きはじめよう。

きのうは、新しく増刷された『気ぬけごはん』が届いた。

初版が二〇一三年だから、なんと八年ぶり⁉

芥子色の表紙に、リーダーの線画の魚が一尾。

立花君デザインの、大好きな本。

ゆうべから寝る前に読みはじめている。

『気ぬけごはん2』とはまた違う、のんびりさ。

特に最初の時期は、話があちこちに飛んで、今よりもずっと自由で、本の中に涼やかな風が吹いている。

おもしろいなあ。

お昼ごろから雨が止み、薄陽が射してきた。

七時には茜色の夕焼け。

けっきょく今日は、「ことこと（これからはこう呼ぼう）」に集中できず、現金出納帳をつけていた。

間違えたところを棒線で消したり、あまりに乱雑に記録していたので、四月分からもういちど書き直したり。

ようやく書き方のツボがつかめてきた。

これまでの分はすべて書き終え、レシートもたまっていない清々しさよ。

天気予報によると、明日は梅雨の中休みみたい。

夜ごはんは、タイ風春雨サラダ（豚ひき肉、新玉ねぎ、人参の塩もみ、パプリカ、春雨、香菜）。

サラダがすごい量で、お腹いっぱいになったので、ご飯はなし。

五月二十三日（日）晴れ

八時十五分前に起きた。

梅雨の貴重な晴れ間なのに、寝坊した。

なんだかとてもおもしろい夢をみていたので。

洗濯物をたっぷり干したら、「ことこと」の続き。

きのうもやっていたから、ずいぶん書けているのだけど、肝心なところがまだできない。

もうひとがんばり。

お昼には、どうやら書けた模様。

朝、アムとカトキチから山ウドが届いた。

富良野の「道の駅」の黒豆も送ってくれた。

この間、この黒豆をうす甘く煮たのをヨーグルトにのせたら、すっごくおいしかったので、「気ぬけごはん」に書いた。

そのことをメールしたから、また送ってくれたんだと思う。

アイヌネギの醤油漬けも入っていた。

嬉しい！

ダンボール箱を開けたとき、北海道の大地の匂いがした。

毎年送ってくれる、野生の山ウドだ。

「ことこと」を書いてから、山ウドの始末。

『気ぬけごはん2』には、カトキチに教わったレシピが書いてあるので、読んでからやった。

テレビの前の机で、皮をむいて細切りにし、白いところもすべて細く切った。

よほど精が強いんだろうな、手の平がアクでペカペカした。

とても量が多いので、半分はレシピ通りに酒、みりん、醤油とだし汁で、もう半分は薄口醤油で薄目に味をつけてみた。

すりごまと、すってないごまもたっぷり。

うーん、ほろ苦い北海道の春の味！

すごくおいしい。

ウドって、食べ過ぎたらいけないんだろうか。

夜ごはんは、黒豆入りのちまき風炊き込みご飯（豚もも薄切り肉、干し椎茸、黒豆、黒豆のゆで汁、酒、オイスターソース、醤油、ごま油、にんにく、生姜、八角）、山ウドのきんぴら二種、ポテトサラダ（味噌マヨネーズ、練り辛子、新玉ねぎ）。

日暮れどき、ツバメたちが気持ちよさそうに飛び交っている。

電線にとまっているツバメは、なんか小さい。

今年生まれたヒナが、もう育ったんだろうか。どうなんだろう。

六甲駅の巣のツバメは、この間見たときにはまだ盛んにエサを運んでいたけれど。

明日は、歯医者さん。そのあと、山ウドのきんぴらを今日子ちゃんたちに届ける予定なので、駅でツバメの巣を見てみよう。

七時半、ぽっかりとした月。

ひさしぶりに月を見た。

五月二十五日（火）晴れ

六時にラジオをつけた。

ラジオを聞きながら、うとうとと惰眠をむさぼる心地よさ。

七時のニュースを聞いて目を開け、流れる雲を見ていた。

今日も貴重な梅雨の晴れ間。

えいっ！と起きる。

黄砂が舞っているそうだから、窓は開けない。洗濯もしない。

きのうは朝から歯医者さん、郵便局、銀行、コンビニなどいろいろな用事をすませ、

「ＭＯＲＩＳ」に行ったら、今日子ちゃんがいい匂いをさせてお昼の支度をしていた。

荷物を置いて、淡河《おうご》の野菜をヒロミさんと買いにいき、帰ってきてからお昼ごはんをごちそうになった。

私が持ち寄ったのは、北海道の山ウドきんぴら、中国のおばあちゃんになったつもりで作った黒豆入りのちまき風炊き込みご飯（腸詰めに見立て、チョリソーも加えたのに、おつい日記には書き忘れた）。

今日子ちゃんが作ってくれたのは、そら豆のちび春巻き、じゃが芋のナムル（おいしい米油、ターメリック、粗びき唐辛子）、ズッキーニとしらすのサラダ（レモン汁）、半熟ゆで卵（自家製マヨネーズ）。

ちょうど今「ＭＯＲＩＳ」で展覧会をしている、山口和宏さんという方の素敵な木の器に盛り合わせ、いただいた。

どれもこれも、おいしかったなー。

そのあとで、現金出納帳についての勉強会（今日子ちゃんから教わる会）。

この間書き直したものは、また間違えていた。

また、はじめからやり直しだ。

失敗するのも、覚えるのも自分。

チキンソテーご飯
トマトソース
小松菜炒め

ひとつ間違えたからこそ、ひとつ覚えることができる。

四歩進んで三歩下がる。亀のスピードだけど、ひとつひとつ理解できているのが嬉しい。

今日は、朝から「ことこと」の仕上げをしていた。

書けたようなので、忘れないうちに現金出納帳に勤しもう。

そうだ。

六甲駅のツバメの巣は、みっつとも空っぽだった。

やっぱり!

今年巣立ったツバメだったんだ。まだ飛ぶのに慣れていないみたいに、パタパタとやけに羽ばたいていたもの。

夜ごはんは、チキンソテー(おろしにんにく、バター)ご飯、トマトソース(生のトマトとミニトマト、新玉ねぎ、新にんにく)、小松菜炒め、ポテトサラダ(味噌マヨネーズ)。

風呂上がり、まだ明るさの残る空に、白い月。

月から目を離さないようにしながら、化粧水とクリームを顔に塗り、パジャマを着た。

空が暗くなるにつれ、黄色に光る。

明日は満月。月食なのだそう。

ゆうべは、夜景が見えなかった。

寝る前に窓を開けたら、しとしと雨が降っていて、あたりは静まり返り、深い緑と花の香りがした。

ジャスミンとスイカズラが混ざり合ったような、濃厚な匂いだった。

五月二十七日（木）
雨のち曇り

五時半に起きた。

きのうから、母がつけていた病床日記を起きぬけに読んでいる。

もうじき亡くなって、丸二年になる。

病気が分かってからの日々を、少しずつ追いかけながら、あのころに重なろうと思って。

五月十一日、一時退院した日の、病院の朝ごはんの献立表を切り抜いて貼ってある。

母が、この日記帳に貼りたがっていた日のことを、ありありと思い出した。

実家の介護用ベッドに寝ていた母は、「なおみ、ボールペンとハサミ取って」「セロテープ取って」などと、命令口調で私に頼んだ。

母の指差す引き出しは、いろいろな物が入り乱れ、探してもハサミはみつからなかった。

ペン先を出したまましまってあるから、ボールペンは文字が書けなくなっていて。そういうのが、何本もとってあって。

引き出しの中は埃だらけで、クシャミが出る。

探している最中なのに、「なおみちゃん、電気つけなあ。つけないと、あんた、目が悪くなるで。つけなあ、電気」と、何度もしつこく言われ、私はがまんができなくなって「もう、そんな紙、貼らなくたっていいじゃん!」と大声を出した。

家事の苦手な母。掃除が好きではない母に嫌気が差し、いつ亡くなるかもしれない母に向かって、私は怒ったのだ。

この日記帳には、入退院を繰り返し、少しずつ弱っていく母のすべてが記録されている。

今、ようやく分かった。

あのときの母にとっては、この日記帳だけが、生きている証だったんだ。

だから、退院した日の朝ごはんを、どうしても記録しておきたかったんだ。

私の「日々ごはん」だって、同じようなものなのに。

一時退院をしていた母は、そのあと介護施設で熱を出し、六月一日から再び入院。

闘病の末、七月九日に亡くなることになる。

今朝読んだのは、姉が書いた六月十五日の日記。

七時四十分　みどり着。

眠っていたが、手が少し動いたので近づくと、気配で目を覚ます。

「おはよう、今日は雨だよ」

「おおあめ」と目を丸くして、両手を上げて言う。


ここまで読んで、たまらなくなって、もう読むのをやめた。

あまりにも母らしかったので。

「おおあめ」と言ったとき、きっと、両手の平をキラキラ星みたいに動かしたんだろう。

母は長いこと幼稚園の先生をしていたから、本人も子どもみたいなところがあって、私はそこが嫌いなのだか、好きなのだか、自分でもよく分からなかった。

若いころには、母のそういう姿を目の当たりにすると、気恥ずかしくて目を逸らした。

でも、今は、そういう童女じみた純粋なところがとても愛しい。

自分のなかにも、同じセンスがあるのを感じる。

今朝は、朝ごはんの前に屋上に上って、「ことこと」で必要な霧の写真を撮った。

仕事をしたのはそれだけ。

あと、きのうきれいに書き直した現金出納帳の数字を、パソコンのエクセルに入力した。

ハムエッグ
小松菜とターツァイの鍋蒸らし炒め
味噌スープ

早めの夕方、「コープさん」へ。

雨上がりの散歩。

しっとりと汗ばんだ。

夜ごはんは、ハムエッグ（トマトソース添え、醤油）、小松菜とターツァイの鍋蒸らし炒め、味噌スープ（大根、グリンピース、牛乳）、おにぎり（しそワカメふりかけ）。

＊５月のおまけレシピ

白っぽい肉じゃが

小粒じゃが芋500g　牛コマ切れ肉120g　玉ねぎ½個
だし汁１と½カップ　その他調味料（２人分）

塩、みりん、わずかなきび砂糖がベースの、あっさりとした肉じゃがです。いつもの甘辛い肉じゃがに飽きたら、ぜひ試してみてください。小さなじゃが芋の皮をむくのは、ちょっと手間がかかりますが、ひとつひとつがねっとり、ほっくり。ぜひ小粒のじゃが芋で作ってみてください。だし汁が少なく、ちょっと心配になるかもしれませんが、野菜からも水分が出てくるので、ひたひたくらいがちょうどころ合い。残ったら、日記のように洋風スープにするのもおすすめです。仕上げに牛乳を加えたミルクスープもおいしいです。それでも残ってしまったら、最後はカレーにしてお楽しみください。


小粒じゃが芋は皮をむき、水にさらします。玉ねぎはくし形切り、牛肉はひと口大に切ります。

厚手の鍋に米油大さじ１をひいて強火にかけ、温まったら玉ねぎ、牛肉、じゃが芋を加え、木べらで混ぜながら軽く炒めます。

全体に油がまわったらだし汁を加え、一度煮立たせます。アクが出てきたら鍋を斜めに傾けてすくい取り、弱火にしてください。

酒とみりん各大さじ１、きび砂糖小さじ1、塩小さじ1、薄口醤油小さじ½を加え、落としブタをして、じゃが芋がやわらかくなるまでコトコトと煮ます。
※この肉じゃがには、七味唐辛子よりも黒七味が合います。

2021年6月
でも、ただの白ではない。

六月三日（木）
晴れのち雨

今しがた、雨が降ってきた。

ジャスミンの花の匂いがして、窓辺に立った。

街の方から上ってきているみたい。

空の高いところでツバメが三羽、ゆうゆうと旋回している。

このところずっと梅雨とは思えないお天気で、夏のようだったから、雨が嬉しい。

そういえば六甲駅のツバメは、まだ巣立ってなどいなかった。

親鳥が巣に入ってエサをあげているとき、雛の頭は見えるか見えないかくらい。だからまだ、小さいんだと思う。

中野さんちのツバメも、同じくらいで（先週末、一泊で中野家に遊びにいっていた）、二羽の親ツバメがひっきりなしに飛んできては、順番にエサをあげ、また飛び立っていった。

ユウトク君に、ツバメの卵のカラをもらった。

孵《かえ》ると親鳥が下に落とすらしく、「ユウトク、何羽おると思う？」と中野さんが聞いたら、「うーんと、四羽。いや五羽や」と答えていた。

中野さんの家では、向かいの原っぱ（いつも夕陽を見るところ）でコオロギをつかまえたり、いつもサイクリングに行く池では、用水路にはまっていた大きな鯉を助けたり。今、中野家は改装中。大工さんが入る前に、ほとんどのことを家族みんなでやっているので、その様子を見学したり。天井板のペンキ塗りを、私も少しだけ手伝ったり。お風呂上がりに電気を消し、縁側の虫カゴの前に寝転んで、コオロギの声をユウトク君と聞いた。

「なおみさん、また明日も寝る前に、いっしょにコオロギ聞く？」なんて、誘われたり。

いろいろ楽しかったな。

帰ってからもまた、楽しいことがたくさんあって、しばらく日記が書けなかった。書けなかったというよりも、書く気が起きなかった。

母の病床日記は、亡くなった日の最後の記録まで読み終えた。

読みながら、体ごとあのころに戻ったり、母の表情や、腕や手の動きを生々しく思い出したりしていた。

それで、どうにもぬけ出せず、いきいきと生きている人たちに会いたくなって、中野家に出かけたのだ。

中野さんちの家族も、家のまわりも、みな田植えの準備をしていて、夏草のはびこる原っぱを歩くと、バッタの赤ちゃんが飛び出してきたり、小さな土ガエルが跳ねたり。太陽もとても近く、肌がじりじりと焼けるようだった。

帰る日の夕方までたっぷり遊んで、いきいきしたものたちを体に注入した。

さて、明日は「天然生活」の撮影なので、ゆるゆると支度をしているところ。

そうだ。

中野さんの部屋にあった長田弘さんの詩集の中から、いいなあ、その通りだなあと思ったところを、書き写してきたんだった。

「ファーブルさん」という詩の一部。


言葉は、きめの細かな、単純な言葉がいい。

古い方言や諺《ことわざ》や日用品のようによくなじんだ言葉。

すっきり筋のとおったものの言いあらわしかた。

言いたいことを、目に見えるように書くのだ。


ポストカードに書き写してきたので、パソコンの前に立てかけ、いつでも読めるようにした。

夜ごはんは、チキンソテー（ズッキーニ添え、自家製マヨネーズ）、生トマトのトマトソース、ご飯、昆布の佃煮。

食べ終わると、明るい雨。

乾き切った地面が濡れ、埃っぽいような匂いと、緑とジャスミンの混ざった匂い。

どこかで虹が出ていそう。

六月四日（金）雨

四時半に起きて、絵本のテキストをひとつ書いた。

忘れないうちに。

ベッドに戻り、もうひと眠り。

ラジオの音楽が遠くなったり、近くなったり。

七時のニュースも、遠くなったり、近くなったり。

七時十五分に、えいっ！と起きた。

紅茶をいれ、「ことこと」用の写真も撮る。

ひさしぶりの雨。

撮影の残りの盛り合わせごはん
味噌汁

しっかりと降っている。

スタッフたちと十一時に六甲道で待ち合わせなのだけど、タクシーで行こうかな。

買い物をしてうちに帰ってきたら、お昼を食べて、「天然生活」の撮影だ。

さて、どうなることやら。

夜ごはんは、撮影の残りの盛り合わせごはん（鶏の照り焼き、蒸し小松菜、トマトソースのペンネ、ゆで卵、山ウドのきんぴら）、味噌汁（油揚げ）。

六月六日（日）曇り

今朝は五時前に目覚め、ラジオをつけたら『ラジオ深夜便』が終わるところだった。

六月六日の今日の花は、ネジバナ。花言葉は「思慕」だそう。

懐かしい声のするアナウンサーが、「今日一日、何かいいことがあるといいですね」と言って、静かに番組が終わった。

パソコンをベッドに運び、メモのように文を書きはじめる。

明け方思いついたフレーズを、忘れないうちに。

今私は、ふたつの文の宿題を抱え、そのうちのひとつをきのう書きはじめた。

「群像」という雑誌のエッセイと、幻冬舎のブログのエッセイ。

まったく違う種類の内容だけど、このところ考えたり、感じたりしていることをそのまま書こうと思う。

同時にふたつの袋を抱え、往ったり来たりしながら進めばいい。

朝ごはんの前に、汽笛がボーーーッと鳴った。

海には、大きな貨物船が一隻しかない。

遠くの海に、阪九フェリーが見える。

きっとあの船が鳴らしたんだ。

「もうじき、港に着きますよ」の、合図の汽笛なんだと思う。

ヨーグルトを食べていたら、阪九フェリーが近くなり、ぐんぐん進む。

ラジオからは吹奏楽。フェリーが進むスピードに合わせているような、ぴったりの音楽。

今日も梅雨の中休みのようだけど、曇っているので洗濯はしない。

ふたつの宿題の文を、じわじわと進めよう。

今は一時半、「群像」の方ができたみたい！

晴れてきたし、ポストに郵便を出しがてら、散歩にいこうかな。

夜ごはんは、とうもろこしチャーハン（冷凍してある「黒豆入りのちまき風炊き込みご飯」に、ご飯よりも多めにとうもろこしを加え、炒め合わせる）、餃子スープ（小松菜）

とうもろこしチャーハン
餃子スープ

の予定。

六月九日（水）晴れ

四時四十五分に目が覚め、ひさしぶりに朝焼けを見た。

陽の出は、隣の建物に隠れ、もう見えなくなってしまったけれど。

窓を開けると、夏の朝のような新しい空気。

鳥たちも盛んにさえずっている。

朝ごはんの前に、台所のシンクを重曹で磨いた。

ちょっとこすっただけで、ぴっかぴかになった。

二階も掃除機をかけ、セスキ水で雑巾がけ。

朝風呂から上がって素足で歩いたら、なんとなくぺたぺたしていたので。

きのうは何をするにもおっくうで、動きも鈍く、自分の体が自分でないみたいな感じだった。

仕事らしいことをしたのは、名刺の引き出しを整理したこと。

雑誌や新聞の取材を受けた方々のリストを作ってほしいと、アノニマの村上さんから伝えられていたので。

牛コマ切れ肉と黒豆と小松菜の炒めもの
塩もみ人参のサラダ

今日はすっきり、体が軽い。

どういうわけだったんだろう。気圧の関係だろうか。

それとも、ひさしぶりに朝焼けを見たせいかな。

さて、もうひとつの原稿を書きはじめよう。

明日は、秋に開く予定のイベントの打ち合わせで、「にじのとしょかん」に出かけることになった。

大阪の信太山という駅から、歩いてすぐ。

六甲駅からは一時間半の、小さな旅だ。

マスクをして行こう。

ひさしぶりに、佐藤さんや久保さんたちに会えるのが、とても楽しみ。

夜ごはんは、牛コマ切れ肉と黒豆と小松菜の炒めもの（にんにく、醤油、黒酢）、塩もみ人参のサラダ（自家製マヨネーズ、ごま）、味噌汁（大根、油揚げ）、お昼をしっかり食べたのでご飯はなし。

風呂上がり、山から風が下りてきて、木の葉がそこだけ揺れている。

ひよひよひよひよ。

海が、青い。

六月十日（木）快晴

五時四十五分に起きた。

ゆうべはよく眠れなかった。

今書いている文のことを考えながら寝ていたので、変な夢もみた。

若いころに借りていた部屋の夢。

そこに、私が昔から大切にしてきた物たちが、運び込まれているところ。

家賃を滞納したまま、まだ借りっ放しになっていたことが分かる夢。

その部屋の夢は、前にもみたことがある。

だから、現実のことなのかと思った。

朝陽を浴びながら、ベッドの上でストレッチ体操。

今朝はこのマンション全体の、配水管の取り替え工事があり、九時半から停電するそうなので、なんとなしに落ち着かない。

電気も電話も水道も、すべて止まるのだそう。

なので、お風呂に水をため、トイレ用にはバケツを用意してある（管理人さんが貸してくださった）。

朝ごはんを早く食べてしまわないとならないのに、「天然生活」のレイアウトの確認を

キムパ
豆腐とモズクのサラダ

したり、メールを書いたり。

そのうち、電気がいっぺんに消えた。

そうか、充電機能があるからパソコンは使えても、メールを送れないのか。

電気がないって、静かだな。

静か過ぎて落ち着かないので、十時過ぎに家を出る。

今日も暑くなりそうだ。

たっぷり遊んで、七時に帰ってきた。

なんだか遠足みたいで、楽しかったな。

「にじのとしょかん」でのことは、明日また書こう。

夜ごはんは、キムパ（お土産でいただいた韓国ののり巻き）、キムチ、豆腐とモズクのサラダ（ミニトマト、塩もみ人参、胡瓜、青じそ）。

風呂上がり、晴れた夜空を雲がぐんぐん流れていく。

白いカーテンが風で膨らむ。

それを見ているだけで、幸せ。

私は今日、たくさん歩いて陽焼けをしたんだろうか。

くったりと力が抜け、肌もちょっとひりひりし、気持ちのいいこと。

六月十一日（金）
ぼんやりとした晴れ

風はひんやり。


ぐっすり眠って八時に起きた。

きのうはとても楽しかった。

佐藤さんも久保さんも若々しく、元気そうで、これからお世話になる清水さんという方も、みんなとても温かく迎えてくださった。

十一月に「にじのとしょかん」の調理室で、「おにぎりをつくってたべよう」というイベントを開こうとしていたのだけれど、コロナのいろいろで制限が出てきそうなので、けっきょく、来年の春にしましょうということになった。

打ち合わせのあと、調理室を見学した。

そこでときどき、料理教室が開かれるそうだ。

入ってすぐに、大きな窓から緑が見えた。

この図書館は、懐かしい感じのする古くて頑丈な建物なので、ロシアのホテルの食堂を思い出した。

武田百合子さんや泰淳さん、銭高老人が泊まっていたハバロフスクの「セントラルホテル」。外壁がゆで卵の黄身色のホテルだ（私が泊まったときには、サーモンピンクに塗り替えられていたけれど）。

教室みたいな四角い部屋に、ステンレスの調理台が整然と並んでいるところや、一面の窓から緑が見えるところが似ている。

ここで、子どもたちやその家族の方たちと一緒におにぎりを作ったら、楽しいだろうな。まだずいぶん先のことだけど、必要な調理器具や器をひとつずつ確認し、清水さんがメモをとってくださった。

そのあと図書室に戻り、私は絵本の広場（畳敷きになっている）で読書。前に来たときには左まわりで、外国の作家のアイウエオ順に読んだので、こんどは右まわり。日本の作家のアから順に。

気になった絵や、タイトルの絵本をみつけては、次々手に取って読んでいった。ときどきクスッとなったり、ぷっと噴き出したり、じーんとしたり。

私は完全に読者のひとりになっていたので、「タ」で「たかやまなおみ」という黄色い背表紙と目が合い、はっ！と、驚いた。

え、この人誰だっけ？

『くんじくんのぞう』だと気づいたのは、五秒後くらい。

棚から取り出してはみたものの、恥ずかしいような、何とも言えない気持ちになって、中を読むことができなかった。

『どもるどだっく』『ほんとだもん』『それから それから』も。

少し色が褪せ、誰かの手で触られたあとのある絵本たち。

たくさんのいろいろな絵本にはさまれた、私と中野さんの本。

なんだか、たまらなく照れくさかった。

自分の内面がはみ出しているような、ちょっと暗さのある絵本が、愛らしい、楽しい、やさしい言葉で綴られた、他の絵本の中に並んでいていいんだろうか。

でも、いいとか悪いとかではなく……『おにぎりをつくる』と『みそしるをつくる』は、ちっとも恥ずかしくない。

どういうことなんだろう。

「ワ」の棚まで見て、すっかり満足。

帰り支度をしようと事務室に戻ると、清水さんがいろんなお土産を用意してくださっていた。

キムパ（以前日記に書いた、おいしい韓国料理屋さんの。ここでごちそうになった日のことは、もうじき発売される『帰ってきた 日々ごはん⑨』に載ります）、赤い皮のじゃが芋、和菓子いろいろ、揚げせんべい、玄米茶。

実家か親戚の家に里帰りをしたら、家にあるおいしいものを、あれもこれもと手提げ袋に詰め合わせてくれたみたいで、なんだか懐かしかった。

私はとても嬉しく、温かな気持ちになって、帰りの駅のベンチで何度も中をのぞいてみた。

帰りは、信太山からわざと普通列車に乗った。

天王寺でも地下鉄に乗らず、ＪＲの普通列車で大阪に出て、阪急電車。

ＪＲはボックス席だし、電車はどこもずっとガラガラだった。

とちゅうで駅ビルのショッピングモールをのぞいたせいもあるけれど、二時間半もかかったので、本当にひとりで遠足に出かけ、のんびり気ままに帰ってきたみたいになった。

今朝は、原稿の続きを書こうとしても気が入らない。

それでけっきょく、窓辺でずっとお裁縫をしていた。

サワサワシャワシャワと乾いた音がして、見ると、緑が盛大に揺れている。

風が吹くたびに、裏の白っぽい色を見せる小さな葉っぱたち。

いっせいに揺れると、小鳥たちが何百羽もいっぺんに羽ばたいているみたいに見える。

生鮭の塩焼き
大根おろし
キャベツの塩もみ梅しそ和え

老眼鏡をかけているせいで、ピントが合わないので。

そう、きのうも電車に乗っていて、思ったのだった。山の緑はいつの間に、こんなに深くなったんだろうと。

夕方、りうから届いていた南瓜を、ようやく切り分けた。

きのういただいた赤い皮のじゃが芋と一緒に蒸し、サラダにした。

南瓜は蒸しただけで、皮までぽくぽくとして、たまらなくおいしかった。

夜ごはんは、生鮭の塩焼き（フライパンにくっつかないシートをしいて焼いた）、大根おろし（ポン酢醤油）、キャベツの塩もみ梅しそ和え、南瓜とじゃが芋のサラダ（クリームチーズ、フレンチマスタード、練り辛子、自家製マヨネーズ）、ご飯。

なんだかお腹がすかないなあと思ったら、蒸した南瓜を食べ過ぎたせいだ。

今日は、母の誕生日だった。

生きていたら九十三歳。

そして中野さんの家では、田植えだったのだそう。

六月十七日（木）快晴

六時前に起きてカーテンを開けたら、雲ひとつない青空。

と、思いながら窓を見ていて、二度寝をしたらもう七時半。

窓を開けると、緑がきらっきら。

海も青い。

梅雨の間は空が雨で洗われる分、晴れると、ものすごく晴れ渡るのかも。

朝ごはんはヨーグルトと果物だけ。

ちかごろは胃のあたりを触ってみて、張っているような気がしたら、パンは食べない。

そうすると調子がいい。

たぶんまだ、前の晩に食べたものが、完全には消化ができていないんだと思う。

お腹をすかせてから食べるお昼ごはんの、おいしいこと。

頭もスッキリ冴える気がする。

このところ、ひとつの原稿に没頭していて、日記が書けなかった。

それは、幻冬舎からいただいた「結婚について」という課題。

いちどはお断りしようと思ったのだけれど、ちょうどいいタイミングかもしれないと思い、しっかりと向き合った。

仕上げてお送りしたのに、また書き直したりして、けっきょく一週間くらいかかった。

きのうは、ひさしぶりに坂を下りた。

銀行に寄って通帳記入をし、「MORIS」で『料理＝高山なおみ』にサインをした。

今日子ちゃんと淡河の野菜（ズッキーニ、胡瓜、ミニトマト、いんげん、甘唐辛子）をいっぱい買ってきて、さらに「いかりスーパー」と「オアシス」でもいろいろ買って帰ってきた。

六甲駅のツバメのヒナは、ずいぶん大きくなった（一羽だけピョコッと頭が飛び出していた）。

午後、『帰ってきた日々ごはん⑨』のサイン用の本と見本が届いた。

青空の写真の表紙。

私には、海の色にも見える。

海のいちばん深いところが、宇宙にもつながっているような青。

ほんの少し、哀しみの影も混ざっているような。

これからはじまろうとしている今年の夏に、エールを送っているような。

そして、背表紙がまたすばらしい。

今夜、寝る前に読むのが楽しみだ。

今日はずっと、事務仕事を集中してやっていた。

間違って記入していたところを、全部直した。

きのうヒロミさんに教えていただいたので、忘れないうちに。

あー、すっきりした。

夜ごはんは、夏野菜カレー（いつぞやのラタトウユをカレーにした、その残り）、ズッキーニのステーキ（丸々一本を縦半分に切って皮に切り目を入れ、フライパンで焼いてからオーブンへ。にんにく醤油）。

六月十八日（金）
曇りのち晴れ

五時半に起きた。

カーテンを開けると、空が白い。

でも、ただの白ではない。

ぼわっと厚いところと、かすれて光が透けているところがある。

このごろ私は、起きてすぐにベッドの中で本を読んでいる。

起き抜けのぼんやりした頭で読むのが、なんか気に入っている。

今朝は、『帰ってきた 日々ごはん⑨』。

ゆうべから読みはじめ、あっという間に二カ月が終わってしまった。

おつまみの大皿盛り
ズッキーニのじりじり焼き（中野さん作）

もっとゆっくり読まないと。

今日は、中野さんがいらっしゃることになった。

画材屋さんの帰りに寄るとのこと。

美容院に行くつもりだったので、図書館で待ち合わせ。

十時半くらいに家を出る予定。郵便局へも寄ろう。

三時くらいに戻ってきた。

夜ごはんは、まだ明るい窓辺で。少しずつつまみを作り合い、食べながら。

焼き枝豆、おつまみの大皿盛り（スモークサーモン、南瓜のサラダ、胡瓜の塩もみ、白家製マヨネーズ、ディル）、ズッキーニのじりじり焼き（中野さん作）、砂肝の塩焼き（中野さん作）、白ワイン（イタリアの微発泡）、赤ワイン。

六月二十一日（月）晴れ

七時少し前に起きた。

明け方は肌寒く、タオルケットをもう一枚出して包《くる》まって寝た。

今日は、夏至なのだそう。

陽が落ちるのが、一年でいちばん遅い日。

朝ごはんを食べ、あちこち掃除機をかけた。

玄関を網戸にしているので、山から海からいい風が吹き抜ける。

そういえばこの間、中野さんをお見送りがてら出かけようとしていたとき、緑の山を見上げながら靴がはけるって、なんていいんだろうと気がついた。

引っ越してきて、はじめてそう思った。

今日の海は青く、のほほーんとしたお天気。

すぐにやらなければならない仕事もないので、窓辺でお裁縫。

どこかの部屋を工事しているらしく、管理人さんの声や、業者の方が車でかけているらしいラジオが遠くの方から聞こえる。

チャコペーパーを買ってから私は、布の裁断をするのがおっくうではなくなった。

型紙を当てたときに、印を正確につけられるので。

裁ちバサミでザクッ、ザクッと切っていくときの小気味よさ。

今は、スカートの下にはくパンツ（ペチコートではなく、ペチパンツというらしい）を縫っている。

ガーゼみたいな生地なので、指触りもいい。

そしてこの風。なんて、気持ちがいいんだろう。

ホッケの干物
大根おろし
納豆

六時半を過ぎてもまだまだ明るい。

海は青く、空の高いところに、もうじき満月の白い月。

夜ごはんは、ホッケの干物（焼き椎茸添え）、大根おろし、納豆（オクラ、みょうが）、スイカの皮の浅漬け、味噌汁（油揚げ、ワカメ）。

食べたあともお裁縫。

けっきょく、手もとが暗くなるまでやって、股上も股下も縫い終えた。

明日は縫いしろの始末をしよう。

お風呂上がり、晴れた夜空に雲の行進。

今宵は、月夜だ。

六月二十三日（水）
晴れ時々小雨

金曜日に山口県に出かけるので、朝からメールや電話。

すぐに落ち着いて、今日も窓辺でお裁縫。

続きのペチパンツは、裾を縫ったらもうできあがりだ。

きのうは、Ａｍａｚｏｎプライムで、『エリザベス』という映画を見ながら縫っていた。

片山令子さんの『惑星』という本に、載っていたなあと思って。

女の人たちの衣装の美しさは、令子さんが書いていた通りだった。

腰を絞ることで、花のように膨らむスカート。

大きく開いた胸元、百合の花のように広がる、薄いグレーの張りのあるワンピース。

薄手の生地に施された、繊細な刺繍や、背中から脇にかけての切り替えのおもしろさ。

今、窓の外で緑がさわさわ揺れている……と思ったら、タツ、タツ、タツと大きな音がして、見ると地面が湿っている。

お天気雨だ！

さっき、外に出たときには、雨らしい気配はまるでなかったけれど。

晴れていたところに雨が降ると、緑や地面がいっせいに匂い立つ。

暑くもなく、ほんのりとした湿気。こんな梅雨だったら、大歓迎だ。

さ、もう少しだから、縫ってしまおう。

今日は、『鉄道運転士の花束』というセルビア映画が、とってもよかった。

淡々として、ほんの少しの温かみ。

乾いた死生観。

私はこういうの、大好き。

少し前に見た、『ハロルドが笑う その日まで』というノルウェー映画も、とてもよかった。

夜ごはんは、トマトペンネ（フレッシュトマトソースの残りに、椎茸とズッキーニを加えてペンネと和えた）、ビール。

日暮れどき。夜ごはんを食べながら空を仰ぐと、明日が満月の白い月。

東の空には、黒人のヘアスタイルみたいに、もくもくと盛り上がった雲。

茜色と水色のだんだらの空を、ツバメが三羽旋回している。

こんなふうに、なにげないけれど美しい夕空って、意外とない気がする。

そうして、よくよく目をこらすと、霧のように細かな雨が降っているのだ。

空は完全に晴れているのに。

六月二十五日（金）
ぼんやりした晴れ

ゆうべは満月だった。

昇りはじめは、雲のベールをかぶって、朧《おぼろ》月。

橙色の電球みたいだった。

雲が多いから、そのまま隠れて見えなくなるだろうと思っていたら、そんなことはなかった。

ずっとオレンジ色の満月のまま。

カーテンを開けて寝た。

ときどき瞼を開け、「ある、ある」と思いながら寝ていたのだけど、なんとなく心がぼわぼわし、騒がしいような、畏《おそ》ろしいような。

意を決して起き上がり、カーテンを閉めた。

今朝は六時に起きた。

『古楽の楽しみ』は関根敏子さん。

そしてベッドの中で、『おにぎりをつくる』『みそしるをつくる』を声を出して読んだ。

もしかすると明日、トークショーで朗読をするかもしれないので。

窓を開けると、夏山の匂い。

今朝は、パンを食べない。ヨーグルトだけ。

玄関の腰掛けに座り、緑の夏山を眺めながら食べた。

スイカとメロンのヨーグルトは、すばらしい。

赤と黄緑。

色合いもきれいだし、甘いスイカにういういしいメロンの酸味が加わり、かなりおいしい。

器の底に残ったヨーグルトが、ピンクに染まるところもいい。

夏がやってくる!っていう感じ。

今は九時半。

さ、そろそろ出かけよう。

海を見ながら坂を下って。

では、山口に行ってきます。

六月二十七日(日)
曇り時々晴れ

ゆうべは山口から九時半くらいに帰り着き、お風呂に入って、パタンと寝てしまった。

ものすごくよく眠れた。

夜中にトイレに起きても、またすぐに眠りにひきずり込まれた。

ひと晩中、やわらかないい夢をみていた気がする。

それは、山口の旅が楽しかったからだ。

トークの前の晩は、ホテルの部屋の温度調節がむずかしくて、よく眠れなかった。

窓を開けても、わずかな隙間だからほとんど風が入ってこなくて、クーラーをつけたり消したり。

でも私、ちょっと緊張していたのかもしれない。

けれども、そんな不安をよそに、トークのお相手の光浦健太郎さんは、とっても気持ちのいい青年だった。

会場の「防府天満宮」のお茶室も、広々として、緑がきれいで。

松富さん（三年前の九月に山口に行ったとき、松富さんは「Ｂｏｏｋｓｔｏｒｅ《ブックストア》松《まつ》」という本屋さんをやっていて、そこで『帰ってきた 日々ごはん④』のイベントを開いた。いっぺんに仲良しになり、それからはヨシュカちゃんと呼んでいる）に、車でいろいろなところに連れていってもらい、いろいろな人に会って、山口のいいところをいっぱい感じた。

あっちゃん（「クウクウ」の厨房仲間）の家にも行って、ごはんをごちそうになった。

おいしかったなあ。

私はまだふわふわとしていて、ここに戻ってきていない感じがする。

日記がちっとも書けない。

でも、お昼ごはんに、光浦さんちのお味噌で具だくさんの味噌汁を作っていたら、山口でのことを「ことこと」に書きたくなってきた。

今日はゆっくり休みながら、ひとつずつ仕事をやっていこうと思う。

まずは、今週の日記をまとめて、スイセイに送ること。

「群像」の作文の校正もこれで最後なので、気を引きしめてやらなければ。

夜ごはんは、卵豆腐をくずしておだしで温め、うっすらとろみをつけたものだけ。

なんとなく肌寒かったし、お昼ごはんが遅かったので。

六月二十九日（火）
ぼんやりとした晴れ

これから先、いつ雨になるか分からないので、わずかな量だけど洗濯をした。

インターネットの天気予報を見ると、あれ？　晴れではないですか！

きのうから、「ことこと」を書きはじめた。

でも、なんとなく違うような気がする。

やっぱり、光浦さんの味噌工場を見学させてもらったことや、具だくさんの味噌汁のことは、「気ぬけごはん」に書こうと思う。

ペンネ・サラダ＆
スモークサーモン＆
アボカド

「ことこと」のしめ切りがもうすぐなので、朝からぐっと集中し、向かう。

今は四時。

なんとなく書けたかも。

ひと晩寝かして、明日からまた向かおう。

今日は一日中青空が見え、海も青かった。

だけど、洗濯物はパリッと乾かない。空気が湿っているんだな。

さ、窓辺でビールでも呑もう。

夜ごはんは、ペンネ・サラダ（いつぞやのトマトペンネに、フレンチマスタードとマヨネーズを和えただけ）、スモークサーモン、アボカド、胡瓜、自家製マヨネーズ、ゆで卵（ちかごろ、セイロで蒸すのが私の流行）の盛り合わせ。

お風呂に入る前に、ゴミを出しに下りたら、今年はじめてヒグラシの声がした。

＊６月のおまけレシピ

ズッキーニのステーキ

ズッキーニ１本　なたね油大さじ１　その他調味料（１人分）

簡単すぎて恥ずかしい料理をひとつ。でも、焼きたてはとろりとして、ひとりで１本ペロリとたいらげてしまうほどおいしいのです。粗塩をパラリとふりかけるだけでも充分なのですが、ご飯のおかずにはにんにく醤油を。辛子醤油やポン酢醤油も合います。焼き上がりの直前に、三角形に切ったカマンベールチーズをのせ、やわらかくなったところに、すり鉢で粗めにつぶした黒こしょうをふるのもおすすめ。ワインに合います。


オーブンを200℃に予熱しておきます。

ズッキーニはヘタを切り落とし、縦半分に切ります。まな板の上にふせて置き、皮目に細かな斜めの切り目を入れます。

オーブンに入れられる鋳物や鉄のフライパンになたね油をひき、弱火にかけます。油が熱くなったらズッキーニの切り口を下にして並べ、じりじりと焼きます。

香ばしい焼き目がついたら裏返し、フライパンごとオーブンへ。8分から10分ほど焼いてください。

竹串を刺して、スッと通ればできあがり。フライパンごと食卓に出し、ナイフで切りながら食べてください。

＊このころ読んでいた、おすすめの本

『ゆめ』中野真典　講談社

『雪のひとひら』ポール・ギャリコ　訳／矢川澄子　新潮社

『犬の話』角川書店編　角川文庫

『帰還　ゲド戦記4』ル＝グウィン　訳／清水真砂子　岩波書店

『アースシーの風　ゲド戦記5』ル＝グウィン　訳／清水真砂子　岩波書店

映画だけれど……

『エリザベス』監督／シェーカル・カプール（1998年　イギリス）

『鉄道運転士の花束』監督／ミロシュ・ラドヴィッチ（2016年　セルビア）

『ハロルドが笑う その日まで』監督／グンナル・ヴィケネ（2014年　ノルウェー）

DVDだけれど……

『Reminiscences of a Journey to Lithuania』（輸入版）

『ハウルの動く城』（ブエナ・ビスタ・ホーム・エンターテイメント）

あとがき

きのうは雨降りでしたが、ひさしぶりに外出しました。傘ごしに広がる霧にかすんだ海、赤や黄色の落ち葉を踏みしめながら坂を下っていると、なんだかいい匂いがしてきました。そうそう、これこれ。冷えた落ち葉が雨に濡れ、肉桂のような香ばしい匂いをさせるのです。桜の葉はあらかた落ち、ヤシャブシの実も濃い茶色に。今年はいつまでも暑く、秋を素通りしてしまったように感じていたけれど、自然はちゃんと動いているのですね。

この季節に坂道を下っていると、六甲のマンションを下見にきた日のことを思い出します。あれは確か十二月のはじめ。帰りは不動産屋さんに地図を書いてもらって、バス停まで自力で歩いてみました。あのときにはこの同じ坂道が、やけに広々として見えたっけ。

『帰ってきた 日々ごはん⑮』は、ひとりで迎えた神戸のお正月から、夏の予感がする日まで。コロナが収まる気配はちっともなく、どこへ行くにもマスク、マスク。それでも私は毎朝カーテンを開け、一日がはじまるのを確かめながら、いつもと変わらずに仕事をしています。年明け早々、六甲ライナーに乗って「暮しの手帖」の展覧会に二度も出かけているのは、今も昔も変わらない頑丈な何かを探し求めていたのでしょう。

そんななか私は、「ＭＯＲＩＳ」の今日子ちゃんやヒロミさんに教わりながら、税務のことも勉強しています。これまでスイセイに任せきりだった会社を辞め、自分の名前で開業したい。いいこともそうでないことも引き受け、二本の足でしっかり立って、そこから世界を眺めてみたい。「少しずつだけど、スイセイからの自立の道を進んでいる。きのう、朝ドラ『おちょやん』の千代が、『また、いちから出直しや』と言っていたけれど、私も同じ気持ち」と、五月一日に記しています。

母が逝って一年半。元気なころの母を思い出し、『帰ってきた日々ごはん⑨』の作業を進められなくなっていた私ですが、中野さんのひとことによって「母の思い出は、これからも私のなかで変化していく。生きている人が変わっていくということは、もうこの世にいない人も、生きている人のなかで変わっていく。つまり、母は生き続けている」と、気づきます。

そんなふうに静かな音を立て、何かと何かが入れ替わろうとしているこの巻を、深々とした六甲の山と光る海で包んでくれたのは、過去の私も今の私もよく知るイラストレーターでデザイナーの友、川原真由美さんです。扉の写真やスケッチは、川原さんの目に映った私の日常の風景なのだけど、なんだか自分の内側をのぞいているみたいにも見えます。ありがとうございました。

最後になりましたが、みなさんにご報告があります。

ホームページでリアルタイムに「日々ごはん」を読まれている方は、もうご存知かもしれませんが、スイセイと私は、二〇二三年の八月十六日に離婚をしました。スイセイの希望は終戦記念日に届けを出すことだったのですが、その日は外を歩くのが危険なほどの大嵐。けっきょく、台風一過の晴れ渡った翌日が私たちの記念日となりました。

先が見えずに心細くてたまらないとき、今でも私は二〇一五年十一月六日の日記（『帰ってきた 日々ごはん④』に収録）に戻ります。あの日、声をかけてくれたスイセイの言葉。それはこの地球に生きている人たち、大人も子どももみんなへの応援の言葉。

清々しさと感謝の心を込め、このあとがきに添えたいと思います。

オレらはこの世に生を受けて、生きるエネルギーのようなものが、ひとりひとりにそれぞれ備わっておるんじゃやけど、オレらはの、生きとる間にそれを全うせんにゃあならんのんよ。それは、泉みたいなもんなんよ。ひとりにひとつずつある泉。ほいじゃやけえ、泉から湧いてくるものがあったら、惹かれたり、どうしてもやりたいことがあったら、いつかはそっちに行ってやらんと、仕方がないんよ。

この間私は、息を引き取る直前の母の顔にそっくりだった、枕もとのオレンジ色の絵を箱にしまい、新しい絵に取り替えました。それは、黒の太い線で一本の花が描かれた「はなのようなもの」。その向こうにふと、若いころの母が見えることがあるんです。

二〇二三年十一月　海が光る日に

高山なおみ

◎　スイセイごはん
「なにぬね野の編　10」

来年の夏、誕生日がくると70歳になる。

おーまいが！
ということは、この世に生を受けて70年ということ、か。
いちおう胸に手を当てて考えてみるが、「あんまり、ほぼ」心当たりが、ない。

散歩中に町の角を曲がったら、急に見覚えのない場所に出たような。

この世に「時間」というものがあり、それは過去から未来へと一方向に流れて行くまさに川のようなもので、ここで生きるもの全ての流れを止めることができないことは知っている。

「ゆく河の流れは絶えずして、しかも、もとの水にあらず」というオーソドックスな格言もある。

でも、そのもう一方で、どうして全てが止まっているもののように思ってしまっているんだろう。

アルバムの記念写真のように、固定されて動かないもののような強いイメージがある。

そこでは、過去も現在も未来もなく、あらゆる全てが自分の記憶図書館の棚に平行に並んでいて、いつでも何でも時間順序構わず気軽にサッと取り出すことができるのだ。

おれの卒業した広島市立大芝小学校は、ここが山梨だろうがどこであろうが自分のすぐ近くにあって、いつでも遊びに行くことができる。

こっちの世界では「時間」などというものはなく、おれは年を取らないのであり永遠の小学生なのだ。

と。

はいいつつも、3年ほど前、うちの母ちゃんが96歳で亡くなりもしたから、ただの無邪気な小学生であり続けることもできない。

母ちゃん、ごめん。

「あっち」と「こっち」を行き来してる、ということか。

竜宮城から出て、玉手箱を開けてしまった「浦島太郎」とは、そういう物語だったのかも知れない。

自分が40代だったころだろうか、老眼が始まった。

それから、50肩になったり、糖尿病になり、その手当のために運動を始めたらギックリ膝、ギックリ腰と続いた。

これらは同世代の知人などでもよくある話で、自分がとりわけ病弱だからだとは思わなかった。

それから60代後半、2年前に肺癌が判明し、切除した。

これらは、だいたい成人を過ぎて体力が下がるに連れて現れる症状で、言うなれば「老化病」だし、「老化」自体が病気のようなもんだと思う。

つまり、自分の肉体はとても順調に、屁理屈言わないで加齢し老化してきたわけだ。

癌というのは一旦かかってしまうと簡単には治らないし、日本人の死因のトップだ。

現在経過観察中で、あと3年間、肺癌の再発が無いと安全圏に入るが、そのとき自分は72歳。

そこから日本人男子の平均寿命81、2歳まで約10年。

その10年間、癌が再発しない可能性はゼロじゃないし、もし再発した場合の寿命とどれくらいの差があるんだろう。

今年の春ごろ、昔の飲み仲間2名が亡くなったとメールがあった。

それぞれ癌と脳血管疾患という一般的な病いで二人とも同世代だから早死にではあるが、平均寿命はあくまでも平均だから、早く逝く人はそんなもんかも知れない。

自分の世代たちの寿命が尽きはじめたというわけだし、おれ自身が今日明日亡くなってもまわりの誰も不自然には思わないだろう。

思えばこの世は不思議なところだ。

初めてのことだらけでわからないことだらけだったし、今でもわからないことが多い。

なのに大人は全部を知ってるような顔をして威張っている。

（大人が威張ろうとするから人の諍いが起きる、自分も大人だが。）

そもそも、どうしておれはここに来たのか。

「え？　来たの？」

ということは、それまでどこか違う場所にいたって言うこと？

自分はこの宇宙の中ではミクロの微塵なのに、どうして「自分が」という主体性があるんだろう。

宇宙さえも対等に見ようとしてしまう「自分が」という主体性。

この主体性が威張ることの原因か。

そして、どうして自分は人間なんだろう。

人間だけが他の生きものと大きく違う。

どうして言葉を使うんだろう。

こんな面倒な言葉を。

言葉を使い、主体性を持って宇宙と対等だと思い、永遠に生きようとするニンゲン、人間。

主体性があるから悩む。

人間だから数を数え、年を数える。

そして、おれは来年、70歳になる。


一喜一憂してるうちに年の瀬　光陰矢の如く胸を刺し

２０２３年末　スイセイ

スイセイ、そして落合郁雄工作所
発明家・工作家。広島市生まれ。

２００２年、ホームページ「ふくう食堂」創業。

２００３年、家内制手個人工業「落合郁雄工作所」起動。

２０１６年、高山なおみとの共著書『ココアどこ　わたしはゴマだれ』（河出書房新社）。

現在、山梨にて自然を含めた工作の試み「野の編」展開中。

公式ホームページアドレス　http://www.fukuu.com/kousaku/

高山なおみ 日記もの 年表 2002〜2024年

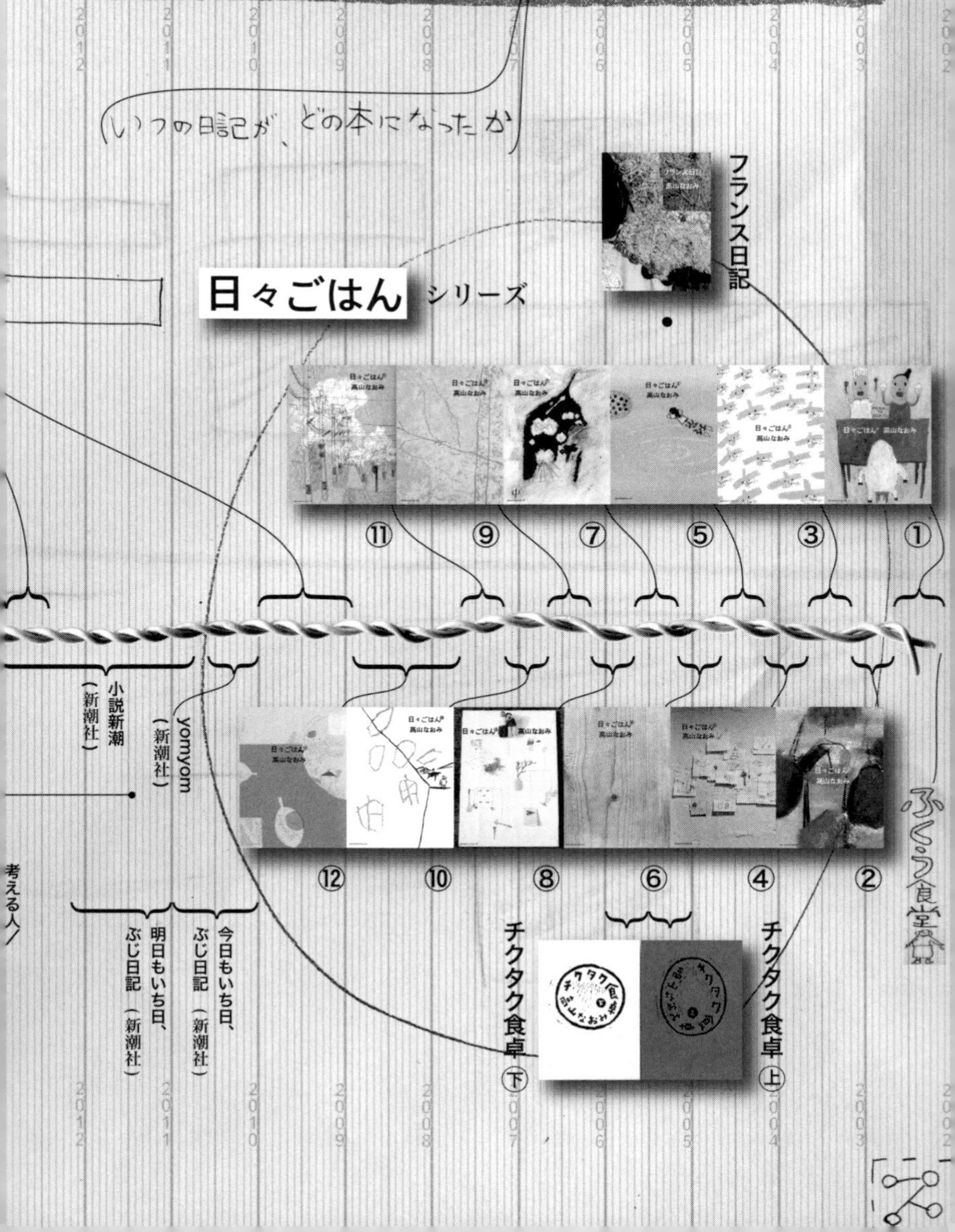

2024
2023
2022
2021
2020
2019
2018
2017
2016
2015
帰ってきた
日々ごはん
シリーズ
①
②
③
④
⑤
⑥
⑦
⑧
⑨
⑩
⑪
⑫
⑬
ただいま。
高山なおみ
きえもの日記（河出書房新社）
考える人／ウズベキスタン日記（新潮社）
☆発売
帰ってきた
日々ごはん⑮
高山なおみ
⑭

本書は、高山なおみ公式ホームページ『ふくう食堂』に掲載された日記「日々ごはん」（2021年1月〜6月）を、加筆修正して一冊にまとめたものです。

高山なおみ　1958年静岡県生まれ。料理家、文筆家。レストランのシェフを経て、料理家になる。におい、味わい、手ざわり、色、音、日々五感を開いて食材との対話を重ね、生み出されるシンプルで力強い料理は、作ること、食べることの楽しさを素直に思い出させてくれる。また、料理と同じく、からだの実感に裏打ちされた文章への評価も高い。著書に『日々ごはん①〜⑫』『帰ってきた 日々ごはん①〜⑭』『野菜だより』『おかずとご飯の本』『今日のおかず』『チクタク食卓㊤㊦』『本と体』（アノニマ・スタジオ）、『押し入れの虫干し』『料理＝高山なおみ』（リトルモア）、『高山ふとんシネマ』（幻冬舎）、『今日もいち日、ぶじ日記』『明日もいち日、ぶじ日記』（新潮社）、『気ぬけごはん1・2』（暮しの手帖社）、『新装 高山なおみの料理』『はなべろ読書記』（KADOKAWAメディアファクトリー）、『実用の料理 ごはん』（京阪神エルマガジン社）、『きえもの日記』『ココアどこわたしはゴマだれ（共著・スイセイ）』（河出書房新社）、『たべもの九十九《つくも》』（平凡社）、『自炊。何にしようか』（朝日新聞出版）、『日めくりだより』（扶桑社）など多数。絵本に『アンドゥ（絵・渡邉良重）』（リトルモア）、『どもるどだっく』（ブロンズ新社）『たべたあい』『それから それから』（リトルモア）『ほんとだもん』（BL出版）『くんじくんのぞう』（あかね書房）『みどりのあらし』（岩崎書店）以上絵・中野真典、『おにぎりをつくる』『みそしるをつくる』（ブロンズ新社）ともに写真・長野陽一、『ふたごのかがみ ピカルとヒカラ』（絵・つよしゆうこ／あかね書房）。近刊、「おまけレシピ」をまとめた『暦レシピ』（アノニマ・スタジオ）が好評発売中。
公式ホームページアドレス　www.fukuu.com/